Katrin Pichler, geboren 1997 in Brixen (Südtirol/Italien), ist gelernte Verkäuferin. Nach drei Jahren Berufserfahrung im Verkauf entschied sie sich, in eine neue Welt einzutauchen und eine Lehre zur Maschinenbauschlosserin zu starten. Seit sie 18 Jahre alt ist, engagiert sie sich freiwillig beim Weißen Kreuz und steht den Bürgern dabei jederzeit zur Hilfe.

Katrin Pichler

Ich sage dir, warum du stirbst

Thriller

Bibliografische Information der Deutschen Nationalbibliothek:
Die Deutsche Nationalbibliothek verzeichnet diese Publikation in der Deutschen Nationalbibliografie; detaillierte bibliografische Daten sind im Internet über http://dnb.dnb.de abrufbar.

Lektorat: Stefanie Brandt – Margit Obergasser
Korrektorat: Stefanie Brandt – Margit Obergasser
weitere Mitwirkende: Margit Obergasser

Herstellung und Verlag: BoD – Books on Demand, Norderstedt

ISBN: 978-3-7543-1293-3

»Nicht du wirst mich finden, …«

»… sondern ich werde dich jagen.«

EINS

MONTAGMORGEN

Ich spüre förmlich, wie mich die Blicke dieser Menschen durchlöchern – gar durchbohren. Ja, es schmerzt sogar schon fast ein kleines bisschen.

»Beruhige dich, Layla, beruhige dich!«, flüstere ich mir immer und immer wieder zu, um mich auf etwas anderes zu konzentrieren.

Mit fixiertem Blick starre ich auf den Boden und setze einen Fuß vor den anderen – ein Atemzug folgt dem nächsten.

Es ist ein wunderschöner Montagmorgen im März. Die Bordsteine sind noch feucht vom Morgenregen und die Sonne erstreckt sich mittlerweile über die ganze Straßenseite. Als eine kalte Brise durch mein leicht gewelltes, blondes Haar weht, fällt mir auf, dass ich meine Mütze vergessen habe.

Ich atme die kalte Luft ein, halte inne und puste sie mit leichtem Druck wieder nach draußen. Plötzlich überkommt mich ein leichter Schauer und Gänsehaut macht sich auf meinem ganzen Körper breit.

Es fühlt sich fast so an, als würde mir jemand die Luft abschnüren.

Panisch bleibe ich ruckartig stehen und versuche, einen klaren Gedanken zu fassen. Was war das? Langsam, aber sicher fange ich an, verrückt zu werden. Ich schüttle den Kopf, starre in die Straße und nehme wieder mein Schritttempo von vorhin auf. Ich träume vor mich hin, als ich plötzlich eine bekannte Stimme hinter mir meinen Namen rufen höre.

»Layla!« Ich drehe mich schlagartig nach hinten um und erblicke Sara, meine beste Freundin.

Sara sieht wie immer super aus. Top gestylt, mit hohen Absätzen und einem Coffee-to-go in ihrer rechten Hand. Ich erkenne im ersten Augenblick gleich das rote, kurze Kleid, das wir letzte Woche gemeinsam gekauft haben.

Es steht ihr wie alles, das sie sonst immer trägt, perfekt. Das Kleid betont besonders ihre schmalen, endlosen Beine und trägt dabei dezent am Hintern auf. Dazu trägt sie ein passendes Jäckchen, das ich heute zum zweiten Mal sehe. Es ist schwarz – schwärzer als die Nacht – mit zwei unterschiedlich großen und andersfarbigen Knöpfen am Bund an der Hüfte. Der erste Knopf ist ein quietschgelber und der andere in der Farbe Kirschrot.

Vor zwei Jahren war es nur der gelbe Knopf. Daran kann ich mich noch sehr gut erinnern, denn er ist mir damals durch den starken Kontrast zum Schwarz sofort ins Auge gestochen.

Ihre schulterlangen, braunen Haare wehen im Wind, als sie mit kleinen, aber sicheren Schritten auf mich zukommt.

Je näher sie auf mich zugeht, desto breiter wird ihr Grinsen im Gesicht.

»Du siehst aus, als hättest du einen Geist gesehen, Lay. Ist etwas passiert?«

Ich atme tief ein und wieder aus. Der Frage nach zu urteilen müsste mein Gesichtsausdruck Bände sprechen.

»Du weißt, dass ich diesen Namen hasse, nicht wahr?« Für mich hört er sich wie eine Lüge an. Dennoch liebt sie es, mich so zu nennen und mir somit auf die Nerven zu gehen.

Aus ihrem fröhlichen Grinsen wird in diesem Moment eine versteinerte Mimik.

»Ach komm, Süße, das ist doch nur ein Scherz und das weißt du auch, oder?« Während sie den Satz über ihre Lippen bringt, legt sie ihre Hände um meine Schultern und drückt mich ganz fest.

Dabei steigt mir eine süße Duftnote in die Nase. Es ist ein neues Parfum, das sie erst vor Kurzem gekauft haben musste, denn ich kenne es noch nicht.

»Ich weiß«, bekomme ich noch geradeso mit zusammengequetschten Backen heraus.

Nach einer gefühlten Minute lässt sie wieder von mir ab und kneift mir kurz, aber schmerzvoll in die rechte Backe. Gut gelaunt hängt sie sich in meinen Arm ein und lächelt mir ins Gesicht. Ihr Antlitz ist wie immer makellos geschminkt und mit dem kleinen Steinchen auf ihrem Eckzahn strahlt sie wie ein Sonnenschein.

Wir gehen in Schritttempo weiter, bis mich die Neugier überkommt. »Was gibt es Neues?«, frage ich verwundert, da sie auffällig gut gelaunt ist.

»Ich habe da jemanden kennengelernt. Sein Name ist Sebastian.«

»Uh, das hört sich interessant an. Erzähl mir mehr!«

»Ich kenne ihn noch nicht so lange und wir haben uns gestern das erste Mal gesehen. Ich habe ihn durch eine Internetplattform kennengelernt. Er ist Architekt und wir waren gestern essen im …« Sie hält kurz inne und ihre Augen funkeln dabei so stark, dass ich fast schon die Herzchen in ihren Pupillen entdecken kann.

»Le Amour«, rückt sie schlussendlich mit der Sprache heraus.

Le Amour. Ich kenne diesen Namen von irgendwoher, nur woher? Ich habe ihn schon einmal gehört. Vielleicht war ich dort mit Finn etwas essen.

»Das hört sich romantisch an, Sara. Wie ist er so?«

»Romantisch? Es war himmlisch!« Sie hört gar nicht mehr auf zu schwärmen und fährt dann nach einer Weile fort:»Es ist das Lokal am Anfang des Sees. Wir saßen am Fenster und hatten einen Ausblick, der bis ins Unendliche ging. Wir haben der Sonne dabei zugesehen, wie sie sich verabschiedet hat und die Nacht hereingebrochen ist. Sternenhimmel, romantische Musik. Kannst du dir das vorstellen, Lay? Es war traumhaft.«

»Das hört sich fantastisch an. Hat er denn auch das bekommen, was er wollte?« Ich zwinkere ihr zu und fange an zu grinsen.

Sie stößt mir mit ihrem Ellenbogen in meine linke Seite und lächelt dabei verlegen.

»Die Nacht war auch schön, ja«, sagt sie, ohne eine weitere Miene zu verziehen.

Mein Grinsen wird breiter. So glücklich habe ich sie seit dem Tod ihrer kleinen Tochter Maja lange nicht mehr gesehen. Es war ein tragischer und trauriger Unfall, der die kleine Familie entzweiriss.

Mittlerweile muss es jetzt schon fast sechseinhalb Jahre her sein. Kurz davor haben Sara und ich uns kennengelernt. Das war im März vor sieben Jahren. Dass wir uns auf Anhieb so gut verstanden haben, hat wohl damit zu tun gehabt, dass wir von Grund auf verschiedene Menschen sind.

Sie ist das klassische Stadtmädchen, wie es in Bilderbüchern so schön geschrieben steht. Ein gut erzogenes Einzelkind, das immer top gestylt ist und ein gutes Benehmen an den Tag legt. Sie stammt aus einer wohlhabenden Familie, in welcher der Vater das Geld nach Hause bringt und die Mutter nie arbeiten muss. Die Villa ihrer Eltern hat einen eigenen Pool, eine Sauna und ein Grundstück, das sich bis ins Unendliche hinauszieht. Sie wurde bis zur Mittelstufe zu Hause von einem Privatlehrer unterrichtet und studierte dann anschließend hier in Reimberg.

Ich hingegen bin in einem Dorf auf einem Bauernhof aufgewachsen. Mit Tieren, die von uns großgezogen und dann zur Schlachtbank geführt wurden, damit wir etwas zu essen hatten. Uns ging es nie schlecht. Mein Vater arbeitete viel. Er pflegte die Tiere und arbeitete noch nebenbei in seiner eigenen kleinen Firma als Dachdecker. Ich kann mich an die Tiere, die mein Vater hielt, noch ganz genau erinnern. Es waren immer fünf Ochsen und zwei Kühe. Die Ochsen wurden geschlachtet und von den Kühen bekamen wir immer frische Milch und Nachwuchs.

Meine Mutter hingegen war für das Geflügel zuständig. Dazu zählten neben den Hühnern auch Gänse und Enten, von denen wir dann frische Eier bekamen. Wurde dann mal ein Tier krank, dann hat mein Vater kurzen Prozess gemacht.

Es war schön, mit meinen drei Brüdern im Grünen aufwachsen und draußen spielen zu können, bis es dunkel wurde. Die Schrammen, die wir stolz als *Kampfnarben* bezeichneten, kennzeichneten uns.

»Wann seht ihr euch wieder? Und wann treffe ich den feinen Herren denn einmal persönlich?«, frage ich sie neugierig.

»Ich weiß es nicht«, antwortet sie verdutzt, »es war eine schöne Zeit, das gebe ich zu, aber seit das mit Maja passiert ist, habe ich geringe Erwartungen an die Menschheit.«

Ihr Lächeln, mit dem sie vorhin um die Wette gestrahlt hat, vergeht. Als ob sie es beeinflussen könnte, verschwindet die Sonne hinter einer Wolke und es wird zunehmend dunkler und kälter.

Maja war erst vier Jahre alt, als es passierte. Sie war der Sonnenschein der Familie. Sara und Leon versuchten lange schwanger zu werden, aber es hatte nie geklappt. Woran es gelegen hatte, wissen sie bis heute noch nicht oder Sara will es mir nur nicht sagen. Nach unzählig vielen Versuchen wurde Sara dann endlich schwanger von Leon und die Sonne brach wieder über die bald kleine Familie herein.

Mit dem Tod der Kleinen wurde es dunkel um die beiden. Schweigen machte sich breit und die Familie zerbrach schlussendlich. Es war so, als hätte jemand ein Glas fallen lassen und versucht, dieses wieder zu kleben. Es würde gelingen, jedoch würden die Risse immer da sein und Wunden hinterlassen.

Aus Respekt gegenüber den beiden habe ich über diesen Unfall nie wirklich nachgeforscht. Was passiert ist, weiß ich nicht und ich wollte Sara auch nie danach fragen.

Als ich Sara ins Gesicht sehe, kullert ihr dabei eine kleine Träne über ihre rechte Wange entlang herunter. Wir bleiben für einen Moment kurz stehen und ich hebe meine Hand, um ihr mit meinem Daumen die Träne aus dem Gesicht zu wischen. Anschließend drücke ich sie ganz fest.

»Ich weiß, Liebes. Du bist stark, vergiss das nie. Ich werde immer für dich da sein, in guten wie in schlechten Zeiten. Weißt du noch?«

Ich lasse von ihr ab und zeige auf meine rechte Hand, denn wir haben uns damals vor fünf Jahren ein Versprechen gegeben und uns jeweils einen Ring angesteckt, zwar nur im angetrunkenen Zustand, aber dieses Versprechen gilt bis heute.

»Danke«, sagt sie und ich kann fast schon wieder ein kleines Lächeln in ihrem makellosen Gesicht erkennen.

Ich drehe mich zu Sara um und drücke sie nochmals ganz fest.

»Ich kriege keine Luft mehr«, sagt sie mit gequälter Stimme.

»Ups!« Ich lasse von ihr ab. »Tut mir leid.«

»Sehen wir uns morgen früh wieder?«, fragt sie mich.

»Ja, gleiche Zeit, gleicher Ort?«

»In Ordnung, bis morgen.«

»Bis morgen«, bestätigt sie mir.

Vor der Redaktion, in der ich arbeite, wartet bereits Noah auf mich. Ich kann ihn schon von Weitem erkennen. In der linken Hand hat er einen Kaffee und in seiner rechten hält er eine Zigarette.

Noah dreht sich in meine Richtung und lächelt mir zu. Ich lächle zurück. Mit seinem dunkelbraunen Haar, seinem Ziegenbart, seinem schwarzen Pulli und seiner dunkelblauen Jeans steht er da und wartet auf mich.

»Hey Noah!«

»Layla«, sagt er kühl und nickt dabei.

Lange ernst bleiben kann er jedoch nicht und beginnt leicht zu schmunzeln.

»Ich weiß noch, als du heute vor genau sechs Jahren hier angefangen hast. Du warst neu in der Stadt und hast direkt auf Anhieb den Job ergattert. Wie hast du das bloß geschafft?« Das Schmunzeln in seinem Gesicht wird größer und er wartet gespannt meine Antwort ab.

»Tja Noah, eine gute Journalistin weiß eben, wie sie sich ausdrückt und verkauft«, sage ich spöttisch und zwinkere ihm dabei mit einem Lächeln im Gesicht zu.

Sein Schmunzeln wird jetzt zu einem Lachen und seine perfekten Zähne kommen zum Vorschein.

Bei der Arbeit ist heute alles anders als sonst. Ich sehe jedem Einzelnen die Anspannung in das Gesicht geschrieben und das nicht umsonst. Ich gehe an der Menge vorbei geradeaus in mein Büro, den Blick auf den Boden fixiert und in mich gekehrt. »Tief ein- und ausatmen, Layla, du schaffst das.« Dabei merke ich, dass ich immer schneller und unsicherer werde. Ich will in mein Büro!

Ich richte meinen Blick nach oben. Da sehe ich bereits einen Glaskäfig, meinen Glaskäfig. In ihm befinden sich mein Computer und meine bunten Post-its, die um meinen Monitor herum verteilt hängen, meine grauen und ausdruckslosen Ordner, die im Wandkasten verstaut sind und an der Wand meine Bilder mit Tieren, die ich selbst gezeichnet habe.

Zeichnen hilft mir, einen kühlen Kopf zu bewahren und vom Alltag abschalten zu können, doch in diesem Moment habe ich nicht mal die Kraft für das. Ich versuche ruhig zu bleiben, bis mich eine Hand an der Hüfte packt, die mich zusammenzucken lässt.

»Layla, warum so eilig?«, fragt *ER* dominant.

Jonas.

Ich erkenne ihn an seiner rauen, männlichen Stimme und seinem aggressiven Geruch, der mir schon vor zwei Schritten aufgefallen ist. Erst jetzt drehe ich mich zu ihm um und sehe ihm direkt ins Gesicht.

Mit seinem mittellangen, pechschwarzen Haar, mit seinen markant blauen Augen und seinem Anzug steht er vor mir. Seine Krawatte ist heute recht bunt ausgefallen, denn normalerweise trägt er immer dunkle Farben, aber heute ist sie kirschrot. Seine Sommersprosse auf der dunklen Lippe, die sich meistens sehr gut versteckt, ist heute besonders gut zu erkennen.

Ja, das ist er.

Jonas ist seit geraumer Zeit mein Vorgesetzter.

»Ich muss einen Beitrag über den Unfall von heute früh verfassen«, flüstere ich mit unsicherer Stimme.

»Könnten Sie bitte in mein Büro kommen? Wir haben noch etwas bezüglich dieses Unfalles zu besprechen.«

Mir stockt der Atem, denn ich weiß, was ER von mir will. Ich möchte schreien, aber ich kann nicht.

Er bittet mich vorauszugehen. Das lehne ich aber dankend ab, sodass er den ersten Schritt machen muss. Angespannt folge ich ihm in sein Büro. Meine Schritte werden schwerer, mein Atem wird tiefer und mein Puls schießt nach oben. Es fühlt sich so an, als würde ich an meiner eigenen Luft ersticken, aber das kann gar nicht passieren. Ich drehe durch. Ich werde verrückt.

Der Weg in sein Büro scheint heute niemals zu enden. Über die Treppen bis hin zu dem langen Flur, der sich in die Ewigkeit hinauszögert, gibt es kein Entkommen. So muss es sich also für die Tiere anfühlen, die zur Schlachtbank geführt werden.

Grausam. Kalt. Gefühllos.

Am Ende dieses langen Flures befindet sich die dunkelbraune, fast schon schwarze, große Tür aus Wengeholz. Mir kommt es so vor, als könnte ich das Holz noch riechen. Der Geruch von Freiheit, Frische und Härte, der sich in diesem Flur breitmacht.

Im Inneren des Büros bleibe ich in der Mitte des Raumes stehen, schließe meine Augen und bete, dass alles schnell vorübergeht. Als ich plötzlich einen lauten Knall hinter mir höre, zucke ich zusammen und drehe mich ruckartig nach hinten um. Es war die schwere Tür, die ins Schloss gefallen ist und diesen lauten Knall verursacht hat.

»Setzen Sie sich!«, befiehlt er mir mit einem recht schroffen, angsteinflößenden Ton.

Ohne große Worte setze ich mich hin und höre angespannt und voller Angst zu. Es wird nichts Neues sein, das weiß ich und ich weiß auch, warum ich hier bin. Wie kann so ein Mensch überhaupt Vorgesetzter sein? Alles, was er macht, grenzt an eine Straftat und das weiß er auch.

»Layla, kommen Sie schon. Greifen Sie nach meiner Hand, ich bringe Sie weiter.«

Jonas versucht schon seit geraumer Zeit an mich heranzukommen. Dabei habe ich kein Interesse an ihm, weder an der Beförderung noch an sonst etwas, das er mir anbieten will oder wollte. Ich weiß nicht, was er sich darauf einbildet, dass er tun und lassen kann, was er will, nur weil er über mir steht. Schwachsinn.

Ich liebe Finn über alles und will mit ihm eine eigene kleine Familie gründen.

Leider werden die Annäherungsversuche von Jonas immer stärker und intensiver, denn seit Kurzem versucht er mich sogar anzufassen, aber ich kann die Berührungen noch gut wegstecken und abwehren. Ich weiß leider nicht mehr für wie lange und kann nicht sagen, wie weit er gehen wird.

»Ich möchte nicht. Wie oft denn noch, Jonas«, sage ich mit einer Intensität, die ich vorher von mir noch gar nicht kannte.

Mein inneres Chaos hat wohl aus der Angst, die in mir herrscht, Stärke erzeugt und dabei nicht nur mich, sondern auch Jonas sichtlich überrascht.

»Was sagten Sie da?«

»Ja, Sie haben mich schon richtig verstanden, ich möchte nicht.«

Ich sehe, wie seine Blicke mich mustern. Von oben bis unten fixiert er mich und bekommt dabei dieses Grinsen, das ich ihm am liebsten aus dem Gesicht schlagen würde.

»Gefällt mir. Fahren Sie fort.«

»Womit?« Meine Wut müsste mir mittlerweile ins Gesicht geschrieben stehen, denn ich koche innerlich.

Wie kann er nur so dreist sein? Wäre er nicht mein Vorgesetzter, hätte ich ihm schon längst eine reingehauen. Aber ich kann nicht. Beruhig dich, Layla, ruhig, atme tief ein und aus, schließe deine Augen. Du brauchst diesen Job, du liebst diesen Job und du liebst Finn.

Langsam, aber sicher beruhigt sich alles wieder in mir und die Gefühle von Wut und Trauer mischen sich.

Klopf, klopf

Jemand ist an der Tür. Jemand kann mir helfen und mich aus dieser brenzligen Situation herausholen.

»Ich kann gerade nicht!«, schreit er schon beinahe und seine Worte hallen in meinem Kopf nach.

Die Tür öffnet sich vorsichtig und Noah streckt seinen Kopf zwischen Türrahmen und Flügel hervor.

»Entschuldigen Sie die Störung, Herr Schmidt, aber es ist wichtig. Sie wissen doch, was für ein Tag in zwei Tagen ist, oder?«

»Wovon reden Sie?«, zischt er vorlaut.

»Seit sechs Jahren – genau an diesem Tag – verschwinden Menschen oben im Dorf. Wir müssen Vorbereitungen treffen und wir brauchen Layla.«

Mit seiner dominanten Art gibt er mir mit einer Handbewegung zu verstehen, dass ich gehen darf und soll. Ich springe ruckartig auf und schreite zur Tür, wo Noah bereits auf mich wartet. Die schwere Tür fällt abermals hinter mir ins Schloss und dann überkommen mich alle Gefühle auf einmal. Ich schlage mir die Hände vor mein Gesicht und Tränen überkommen mich. Ich spüre, wie die Last in meinem Inneren mich erdrückt und mir die Luft zum Atmen wegnimmt.

Noah fährt mit seiner schützenden Hand durch mein Haar und lässt sie auf meiner Schulter liegen.

»Willst du diesen widerlichen Kerl nicht anzeigen?«, fragt er mich, ebenfalls von Jonas angeekelt.

»Ich kann nicht, ich brauche diesen Job. Du weißt doch, das Haus und … und Finn«, schluchze ich.

Noah ist kein Mensch der großen Worte, aber wenn ich ihn brauche, ist er für mich da und das schätze ich an ihm. Er reicht mir seine Hand und hilft mir hoch. Ich falle in seine trainierten Arme und fühle mich durch ihn gleich wieder geborgen und sicher.

»Danke Noah, du bist mein Schutzengel«, sage ich mit erleichterter Stimme.

»Wir haben noch viel zu tun, Layla. Wir sollten uns an die Arbeit machen.«

I

Layla? Kannst du mich sehen?
Ich sehe dich, aber du siehst mich nicht.

Guten Morgen, Layla. Wie geht es dir heute? Du scheinst irritiert zu sein, auch wenn nichts vorgefallen ist. Kann es sein, dass du dich fürchtest? Fürchtest du dich vor mir? Das musst du nicht, kleine Layla, du brauchst vor mir keine Angst zu haben. Noch nicht.

Durch den Wind, der immer stärker wird, ist es frisch geworden. Warum hast du deine schwarze Mütze nicht auf? Sie schützt deinen kleinen Lockenkopf vor der Kälte und ich will doch nicht, dass du krank wirst. Das wäre schade, weißt du das, Layla?

Ich werde für dich sorgen, Layla, du musst nur zu mir kommen und ich werde auf dich aufpassen. Aufpassen, dass dir nichts passiert und aufpassen, dass dir etwas passiert. Verwirrend, oder?

Was hast du eigentlich immer in deiner Umhängetasche mit dabei? Ein Buch, das du gerade liest oder nur ein paar Stifte und einen Block mit weißen Blättern?

Soll ich dir etwas verraten, Layla? Ich weiß, dass du gerne und viel zeichnest, aber was ist in der letzten Zeit nur mit dir los? Du nimmst seit geraumer Zeit nicht mehr das Federmäppchen aus der obersten Schublade deines Bürokastens.

Bist du so in deine Arbeit vertieft oder quält dich etwas oder jemand?

Willst du mir denn nicht verraten, was dich bedrückt? Hast du vor deinem Vorgesetzten Angst? Ist es ER, den du fürchtest? Seine Hand, die dich verletzt? Oder wird es am Ende doch nur irgendwer sein?

ZWEI

MONTAGNACHMITTAG

In zwei Tagen ist der Tag, vor dem alle in Baumhausen Angst haben. Es ist der Tag, an dem schon zweimal ein Mensch ohne einen Grund und ohne Vorankündigung verschwunden ist. Familien der Vermissten fragen sich, was mit ihnen geschieht oder ob sie jemals wieder auftauchen werden.

Es ist ein Ereignis, das sich schon einmal genau zwei Jahre nach dem ersten Vorfall wiederholt hat. Ob es Zufall ist oder doch gewollt, weiß die Polizei noch nicht.

Angefangen hat alles vor sechs Jahren, ein Jahr nachdem ich hier in Reimberg mit Finn eingezogen bin. Ohne jegliche Spur verschwinden Menschen einfach nur so, wie vom Erdboden verschluckt. Die Polizei hat keine Anhaltspunkte, keine Hinweise, keine Verdächtigen.

Verständlich. Wenn sie keine Leiche und keine Waffe hat, ist es schwierig, jemanden zu finden. Es könnte doch jede oder jeder gewesen sein, oder nicht? Sie tappt nun schon seit sechs Jahren im Dunkeln und die besorgten Bürger der Stadt und des Dorfes fragen nach dem *Warum?*

Baumhausen ist ein Dorf am Rande des Nichts. Es befindet sich etwa 30 Fahrminuten oberhalb dieser kleinen Stadt namens Reimberg mit etwa 10.000 Einwohnern. Ansonsten ist hier weit und breit nichts zu sehen. Die nächste große Stadt liegt etwa 50 Kilometer entfernt von hier. Sie ist nur mit dem Auto erreichbar, da kein Bus oder Zug in Richtung Großstadt fährt.

»Layla?«

Ich schwebe in Gedanken und versuche dabei einen klaren Kopf zu bewahren. Es muss doch irgendeinen Anhaltspunkt geben. Diese Menschen können doch nicht einfach so vom Erdboden verschluckt werden.

Ich starre auf meine Pinnwand, an der ich jeden Bericht, jeden einzelnen Eintrag der vermissten Personen notiert und abermals plakatiert habe. Das ergibt doch keinen Sinn. Alles an der Geschichte ergibt keinen Sinn. In Gedanken lese ich die Beiträge von damals laut in meinem Kopf.

John Wagner, wohnhaft in Baumhausen 102, geboren am 23.01.1981, gelernter Koch und Familienvater von zwei Kindern, geschieden, vermisst gemeldet am 25.03.2012 im Alter von 31 Jahren

Paul Schulz, wohnhaft in Baumhausen 57, geboren am 26.11.2004, Schulkind, vermisst gemeldet am 25.03.2014 im Alter von 9 Jahren

Wer ist als Nächstes dran und warum?
Wo?
Uhrzeit?
Wann? 25.03.2016

»Layla?«, fragt Noah mit erhobener Stimme und schnippt dabei mit seinen Fingern vor meiner Nase herum. »Alles okay?«, fragt er mich besorgt.

»Ja, tut mir leid, ich war wegen der Vermissten gerade in meinen Gedanken gefangen.«

Ich nippe an meinem Kaffee und schaue mir die Bilder der Vermissten, die ich neben den Texten befestigt habe, nochmals genauer an.

»Was haben beide gemeinsam, Noah? Es muss doch etwas geben, das sie verbindet. Es kann doch nicht grundlos passieren, oder?« Ich schaue Noah hilfesuchend an, trinke noch einen Schluck von meinem überzuckerten Kaffee und warte gespannt auf seine wahrscheinlich recht zickige Antwort.

»Warum hast du überhaupt alles *hier*? Du weißt, dass das *Schnüffeln* nicht unser Beruf ist, oder? Wir informieren nur. Der Rest ist Arbeit der Polizei, nicht unsere. Wenn am Mittwoch jemand verschwindet, informieren wir – nicht mehr und nicht weniger«, sagt er schnippisch.

»Bist du hier, um mir zu helfen oder um mir Steine in den Weg zu legen? Es handelt sich hier schließlich um mein Heimatdorf. Ich kann doch nicht einfach so tatenlos zusehen!«

»Ich meine es doch nicht böse, Layla. Ich mache mir nur Sorgen um dich. Was, wenn dir etwas zustößt, weil du in etwas reingerätst?«, fragt er besorgt.

»Mir wird schon nichts passieren, mach dir keine Sorgen.«

»Wie du meinst«, nuschelt Noah, bevor er durch meine Glastür geht und hinter der Ecke in seinem Büro verschwindet.

Am späten Montagnachmittag hole ich mir nochmals einen Kaffee. Dieser Kaffee schmeckt ziemlich bitter und er lässt mich mein Gesicht verziehen. Der Zucker, den ich vorher zu viel in meinen Kaffee getan habe, fehlt jetzt. Ich nehme noch einen Schluck Kaffee zu mir und starre wieder auf meine Pinnwand. Ich versuche einen Zusammenhang aus dieser Tragödie zu ziehen. Mein Kopf schmerzt und ich spüre meinen Herzschlag gegen die Schädeldecke pochen.

Ich sollte nach Hause gehen, denn es ist schon spät geworden. Die Zeit ist heute Nachmittag wie im Fluge vergangen und ich habe schon wieder nichts erreicht. An der Wanduhr klackt sich gerade eine neue Ziffer in das Ziffernblatt.

Klack
18:46 Uhr

Noah und die anderen sind schon seit einer gefühlten Stunde aus der Redaktion verschwunden. Alle Büros und der Flur sind dunkel und ich kann nur noch schwach das Licht der Kaffeemaschine in der Ferne erblicken. Die Atmosphäre hier ist schon annähernd gespenstisch. Würde mir jetzt etwas zustoßen, wäre ich allein, allein mit mir selbst. Gänsehaut macht sich an meinem Körper erkenntlich und ein eiskalter Schauer läuft mir den Rücken runter.

Im Büro sind 22 Grad.

Je länger ich in diese Finsternis blicke, desto ängstlicher werde ich. Mir scheint, als würde ich die Umrisse einer schwarzen Gestalt erblicken, die sich in Richtung Noahs Büro bewegt.

Ich kneife meine Augen zusammen und schüttle den Kopf.

»Da ist niemand, Layla, du bist einfach nur müde!«, rede ich mir ein, öffne vorsichtig meine Augen und starre wieder in die Leere.

Da ist niemand. Niemand. Ich bin allein hier. Langsam, aber sicher werde ich verrückt. Übermorgen ist es wieder soweit und wir können nichts dagegen tun. Vielleicht passiert einfach gar nichts. Das könnte doch auch eine Möglichkeit sein, oder nicht? Schon die Gedanken allein daran machen mich sichtlich nervös und versetzen mich in leichte Panik. Ich muss mich beruhigen und setze mich in meinen Bürostuhl. Er ist ganz weich und quietscht leicht, als ich mich nach hinten lehne und den Kopf in den Nacken lege.

Es wird wirklich Zeit, dass ich endlich nach Hause gehe. Als ich den Computer mithilfe der Maus herunterfahre, wird es zunehmend dunkler im Büro und die Panik in mir wächst. Hastig springe ich aus dem knarrenden Bürostuhl, schnappe meine Jacke, die an einem Wandhaken am Eingang hängt und flüchte nach draußen.

Es ist düster und kalt draußen. Ein dichter Nebelschleier, den jemand mit einem Messer durchschneiden könnte, umhüllt die gesamte Stadt. Die Straßenlaternen sind kaum mehr zu erkennen, nur noch ein schwaches Licht vermischt sich im Nebel.

Während ich einen Fuß vor den anderen setze, denke ich darüber nach, wer als Nächstes auf der Liste der Verschwundenen auftauchen wird. Vielleicht mein alter Mathelehrer, mein Musikprofessor oder gar meine Mutter?

Ich bin ratlos und ich erkenne kein Muster darin. Schon vor zwei Jahren versuchte ich jemandem die Schuld in die Schuhe zu schieben. Diese Vermutung ging nach hinten los und brachte mich nur in Schwierigkeiten. Meine gesamten Recherchen verliefen in eine Sackgasse und das brachte mich beinahe um den Verstand und um meinen Job.

Ich sollte mich dieses Jahr etwas zurückhalten, keine voreiligen Schlüsse ziehen und mehr beobachten als aktiv zu sein. Noah hat damit vollkommen recht und es wäre das Beste für alle.

Hinter mir höre ich, wie ein kleiner Stein über die Straße geschossen wird. Es ist nicht weit von mir entfernt, vielleicht nur etwa zehn Meter, denn ich konnte es klar und deutlich hören. Beim genaueren Hinhören bemerke ich Schritte von jemandem, der den Kieselstein gestoßen haben muss. – Er setzt einen Fuß vor den anderen, einen schweren Schritt nach dem nächsten.

Ich zucke zusammen, als ich plötzlich eine Stimme wahrnehme, die meinen Namen ruft. Die Stimme hört sich verstellt an, so als wollte jemand nur mit der Kehlkopfstimme sprechen, damit ich ihn nicht erkenne. Das gelingt ihm oder ihr auch, denn ich kann die Stimme nicht zuordnen.

Mein Adrenalinspiegel schießt rasant nach oben, als ich mich ruckartig nach hinten umdrehe. Niemand. Jedenfalls konnte ich niemanden erkennen und die Schritte sind auch verschwunden. Alles, was ich sehe, ist eine schwach beleuchtete Straße, die sich ewig weit ins Nichts des Nebels zieht.

#II

Wie du dich ängstlich nach hinten gedreht hast, als ich deinen Namen gerufen habe oder als ich den kleinen Kieselstein über die Straße geschossen habe. Süß, wie viel Angst doch in so einem kleinen, zierlichen Mädchen stecken kann.

Wie deine Schritte immer schneller werden und dein Herzschlag wahrscheinlich gerade in diesem Moment nach oben schießt. Süß, wie du vor mir Angst hast.

Darf ich dir etwas verraten, Layla? Du siehst sogar nach einem langen Arbeitstag hübsch aus. Das will eine Menge heißen. Es geht nicht immer nur um das Äußere. Manchmal sind es exotische Züge oder große Brüste. Manchmal sogar lange Haare, ein hübsches Gesicht, das geschminkt ist, oder gar lange Beine.

Schönheit ist eine individuelle Sache und liegt im Auge des Betrachters, weißt du Layla? Für mich bist du immer schön.

Hast du heute eine maßgeschneiderte Jeans an? Sie steht dir gut. Dazu trägst du diese einfarbig schwarze Jacke, die du so gerne anhast. Warum gefällt sie dir so gut? Dir würde eher etwas Farbiges stehen, glaub mir.

Die Farbe deines roten, dezenten Lippenstiftes hat sich auf die unzähligen Tassen Kaffee übertragen.

Wie viele Tassen trinkst du eigentlich am Tag?

Spürst du mich näher kommen? Ich werde dir nichts tun, kleine, süße Layla. Ich kann nicht ohne dich leben, Layla.

DREI

MONTAGABEND

An unserer Haustür angekommen, versuche ich in Ruhe das Türschloss zu öffnen. Dabei fällt mir der Schlüssel auf die Fußmatte mit der Aufschrift »*Home Sweet Home*«.

Finn und ich haben sie etwa einen Monat nach unserem Einzug gekauft, damit sie uns immer an die schönen Zeiten erinnert. Daran, dass wir immer einen Platz für uns zwei haben, ein kleines Haus und unsere eigenen vier Wände. Das war ein Geschenk Gottes und großes Glück, dass wir so ein nettes Nest gefunden haben.

Ich drehe mich nach hinten um, um mich zu vergewissern, dass mir niemand gefolgt ist, knie mich hin und hebe zitternd den kalten Schlüssel vom Boden auf, damit ich die Tür öffnen und in das warme Haus eintreten kann. Knirschend öffnet sich die Tür zu unserem Heim und fällt auch rasch wieder in das große, schwere Schloss.

Drinnen hänge ich meine schwarze Lieblingsjacke mit dem aufgestickten Muster und den kleinen Nieten an den Seiten auf und lasse mich erschöpft auf die

Couch im Wohnzimmer fallen. Finn kommt heute etwas später, da er eine 12-Stunden-Schicht beim Rettungsdienst übernommen hat.

Sitzend sticht mir etwas ins Auge. Ein Zeitungsartikel vom Jahre 2014, den ich damals verfasst habe, als der kleine Paul verschwunden ist.

Ich zwinge mich aus der weichen Couch, damit ich zum Glasschrank gelange. Er befindet sich am anderen Ende des Raums und wird von einem Holzgestell umrahmt.

Paul müsste jetzt 11 Jahre alt sein. Traurige Geschichte. Ob ihn jemals jemand wieder finden wird? Die Hoffnung schwindet von Tag zu Tag. Wie es wohl seinen Eltern gehen wird? Beschissen. Was für eine blöde Frage.

Ich öffne die Glastür des Schrankes und beim Herausziehen des ausgeschnittenen Artikels fesselt mich sofort das Bild des Jungen.

So ein kleiner, süßer Fratz. Mit seinen blonden, kurzen Haaren und seinen froschgrünen Augen blickt er in die Kamera, die wahrscheinlich damals seine Mutter in der Hand gehalten hat. Er sieht so glücklich aus mit seinen Grübchen in den kleinen Wangen. Links ist es tiefer als rechts.

Ich bewege mich vorsichtig zur Couch und fange an, den Artikel laut zu lesen.

> **Grundschüler vermisst**
> **Polizei: Wer hat den kleinen Jungen gesehen?**
>
> Seit Mittwoch, 25.03. abends, wird der 9-jährige Paul Schulz, Baumhausen 57/A, vermisst. Der Junge wurde zuletzt um 17 Uhr von einem Freund gesehen, als er von der Ortsmitte in Baumhausen zu Fuß in Richtung Teich ging. Möglicherweise wurde der Schüler als Anhalter in Richtung Teich oder Hausener Straße mitgenommen.
> <u>Beschreibung:</u> ca. 140 cm groß, schlank, blonde, kurze Haare, er trägt eine dunkelgrüne, lange Hose, braune Halbschuhe, einen azurblauen Pullover und eine schwarze Weste mit der auffälligen Aufschrift »LOOM DAY« am Rücken. Wer hat den Jungen gesehen? Sachdienliche Hinweise nimmt die Stadtpolizei von Reimberg, Tel.-Nr. 0 03 95/4 11 oder jede andere Polizeidienststelle entgegen.

»Erst mal einen Kaffee.«

Ich begebe mich in die Küche und schalte die Kaffeemaschine ein. Ich nehme mir meine Lieblingstasse aus dem Schrank und sehe der Kaffeemaschine dabei zu, wie sie sich säubert. Das Wasser tropft in den Auffangbehälter, den ich immer wieder ausleeren muss.

Der neue Kaffeevollautomat ist recht zügig bei der Zubereitung von frischem Kaffee. Finn hat ihn mir vergangenes Jahr zu Weihnachten geschenkt. Er ist schwarz mit einer silbernen Veredelung an der Seite, welche die Schriftzüge der Herstellerfirma widerspiegelt.

Ich trinke meinen Kaffee immer schwarz mit einem Würfelzucker. Schwarz schmeckt er mir am besten, denn da kann ich die Kaffeenoten besser herausschmecken.

Mit dem Kaffee in der einen und dem Zeitungsartikel in der anderen Hand gehe ich wieder zur Glasvitrine, in der ich den anderen Artikel vom Jahr 2012 raussuchen möchte.

Ich nehme den Zeitungsartikel zwischen meine Zähne und öffne die Tür der Vitrine. Während ich die Bücher beiseiteschiebe, fällt mir eines heraus und knallt mit voller Wucht auf den Boden. Vor Schreck springe ich einen Schritt nach hinten und hätte dabei fast meinen Kaffee verschüttet.

»Huuh«, seufze ich, »das war knapp.«

Mein Blick fixiert sich auf das Buch, das mir rausgefallen ist. »*Memories*« steht mit großen Schriftzügen über das gesamte Cover verteilt geschrieben. Es ist meine Schrift und unser Fotoalbum. Dabei steigt mir ein Lächeln ins Gesicht, als ich mich wieder an die schönen Momente erinnere, die wir zusammen erlebt haben.

Ich bücke mich, um das Fotoalbum aufzuheben und dabei fällt mir ein weiteres Buch in der Vitrine ins Auge. Im unteren Bereich befindet sich hinter der Spiegelung der Wohnzimmerlampe ein schwarzes Fotobuch, das mir bekannt vorkommt. Es ist das Buch, in das ich all meine Recherchen geschrieben und sämtliche ausgeschnittenen Zeitungsartikel reingeklebt habe.

Ich ziehe das Buch heraus. Als ich es das letzte Mal in der Hand gehalten habe, war mir nicht bewusst, wie schwer es über die Jahre geworden war.

Ich begebe mich zur Couch, in die ich mich nach hinten fallen lasse.

Plötzlich höre ich, wie jemand versucht, mit dem Schlüssel unsere Haustür aufzusperren. Es muss Finn sein. Ich schaue auf meine Uhr und mir fällt auf, dass eine weitere Stunde wie im Flug vergangen ist.

Die Tür fällt ins Schloss und ich höre eine vertraute Stimme. »Layla, ich bin zu Hause.«

Gut gelaunt springe ich auf und renne zur Tür, an der Finn schon auf eine Umarmung von mir wartet.

»Hallo, mein Schatz, wie war dein Arbeitstag?«, frage ich ihn.

Sein Parfum riecht immer noch so, als hätte er es gerade erst frisch aufgetragen und seine Frisur sitzt dank des Gels immer noch so perfekt wie heute früh, als er das Haus verlassen hat. Finn wirkt leicht angespannt und so, als würde ihn etwas bedrücken.

»Anstrengend. Ich hatte heute die Hände voll zu tun«, sagt er erschöpft. »Wie lief es bei dir? Werden schon alle verrückt?«

»Es lief gut«, sage ich überzeugt, fast schon erstaunt von mir selbst, wie gut ich eigentlich Gefühle verstecken kann.

Er sollte das mit Jonas irgendwann erfahren, aber jetzt ist nicht der richtige Zeitpunkt. Diese Konversation bezüglich Jonas und mir würde nur Anspannung in die Beziehung bringen und das passt mir gerade überhaupt nicht.

»Alle sind wegen Mittwoch angespannt«, sage ich und starre dabei auf den Boden.

»Das kann ich ihnen nicht verübeln. Auf der Wache werden auch schon alle verrückt.« Er hält kurz inne, bevor er fortsetzt: »Ach ja, für übermorgen Abend bin ich eingeplant. Ich kann nicht schon wieder absagen. Bitte, versteh das.«

»Das geht in Ordnung, Finn. Ich werde am Mittwoch nach der Arbeit zu meinen Eltern fahren, damit sie nicht allein sind und ich ein Auge auf die ganze Situation werfen kann.«

Finn runzelt die Stirn. Ganz überzeugt ist er davon dann wohl doch nicht, wie ich mir das erwartet habe. Dann holt er tief Luft und schnaubt sie verdutzt wieder aus.

»Aber du machst keinen Blödsinn, oder?«, fragt er, ohne einen anderen Tonfall anzuwenden.

Er schaut zum Couchtisch rüber, auf dem noch mein schwarzes Fotoalbum von vorhin liegt. Ich habe es vor Schreck auf den Tisch niedergeworfen. Finn kennt das Buch nur zu gut. Es war in früheren Zeiten immer meine Nachtlektüre und ich habe dieses Buch überall mitgenommen.

Ich spüre schon förmlich, wie sich etwas anbahnt. Sein Blick fixiert mich. Es sieht so aus, als würde er gerade mit sich selbst kämpfen. Ein Kampf zwischen Angst, Wut und Traurigkeit, der in seinem Inneren stattfindet, macht sich nun auch in seiner Mimik erkennbar. Aus seinem Lächeln, das er noch vor einer Minute hatte, ist jetzt eine ernste Miene geworden.

»Layla, was hast du vor?«, fragt er mit einer Mischung aus Trauer und Wut.

»Ich baue schon keinen Mist«, versuche ich ihm zu erklären, »ich will nur ein bisschen recherchieren.«

»Schluss damit«, schreit er schon fast, »ich habe keine Lust dich zu verlieren. Ich hoffe, du weißt das.«

Aus seiner Gefühlsmischung wird jetzt nur mehr Wut.

»Ich verstehe, dass du dir Sorgen machst, Finn, aber mir wird nichts zustoßen. Ich passe auf mich auf, ich bin schon ein großes Mädchen«, versuche ich ihn zu beruhigen und dabei kann ich mir mein Grinsen nicht mehr verkneifen.

Ich kann Finn aber auch verstehen, dass an die Sache mit Bedacht ranzugehen ist. Ich verstehe auch, warum er so wütend und besorgt ist. Deshalb muss ich dennoch etwas dagegen unternehmen, bevor es einen Menschen trifft, den ich gernhabe.

»Layla, nimm es bitte nicht auf die leichte Schulter. Du bist ein Mensch, der mir sehr viel bedeutet. Verstehst du das?«

»Ja«, nuschle ich, »ich mache keinen Blödsinn, versprochen.«

»Gut«, sagt Finn ernst und begibt sich schleppend und demotiviert in das Wohnzimmer.

»Was möchtest du heute essen, Finn?«, schreie ich aus der Küche und da ich keine Antwort bekomme, gehe ich ins Wohnzimmer.

Finn hat es im Sitzen auf der Couch verschlafen. Er sieht so friedlich und ruhig dabei aus. Also beschließe ich, heute das Kochen ausfallen zu lassen, um weiter in meinem Fotoalbum nach Hinweisen zu suchen. Damit ich Finn nicht wecke, schleiche ich mich vorsichtig Richtung Couchtisch, um das Buch und den Zeitungsartikel an mich zu nehmen.

Wie auf Katzenpfoten schleiche ich zur Holztreppe, die zu unserem Schlafzimmer führt. Einen Fuß nach dem anderen setze ich auf die Stufen und bei jedem Knarren zucke ich immer weiter zusammen. Ich riskiere einen raschen Blick zu Finn, der immer noch tief und fest schläft, und beginne den weiteren Aufstieg ins Schlafzimmer.

Oben angekommen, lasse ich mich in unser Bett fallen und liege mit dem Bauch nach unten. Das schwarze Buch, das ich in meiner rechten Hand halte, schimmert im schwachen Licht der Nachttischlampe und es entsteht ein leichter, düsterer Effekt darauf.

Beim Öffnen fällt mir etwas auf. Die Notizen, die ich vor zwei Jahren nur händisch reingeschrieben habe, grenzen an eine Verschwörungstheorie. Warum sollten denn Menschen alle zwei Jahre immer wieder am gleichen Tag verschwinden? Vielleicht ist es irgendein grusliges Ritual, eine Opfergabe oder gar ein Mörder, der nur aus Vergnügen Menschen aufsucht und umbringt? Ich weiß es nicht, aber ich versuche, es herausfinden.

Beim Umblättern flattert mir schon der nächste Zeitungsartikel entgegen. Es handelt sich um den damals 31-jährigen John.

31-Jähriger aus Baumhausen vermisst

Seit Freitag (25. März) wird der 31-jährige John Wagner aus Baumhausen vermisst.

Nach bisherigen Ermittlungen besteht die Möglichkeit, dass er sich im Bereich Hausener Teich aufgehalten haben könnte. Da bislang umfangreiche Fahndungsmaßnahmen nicht zum Erfolg geführt haben, bitten wir nun die Bevölkerung um Mithilfe.

Der junge Mann ist 1,80 m groß, hat eine mittelschlanke Statur und mittellange, braune Haare. Zuletzt trug er eine schwarze Jacke sowie schwarze Jeans.

Hinweise zum Aufenthaltsort des Vermissten nimmt die Stadtpolizei von Reimberg, Tel.-Nr. 0 03 95/4 11 oder jede andere Polizeidienststelle entgegen.

»Layla?«

Ich war so in den Text vertieft, dass ich gar nicht das Knarren der Stufen bemerkt habe.

»Was machst du da?«, fragt mich Finn mit neugierigem Blick.

Noch während Finn diesen Satz ganz aussprechen konnte, klappe ich das Buch schnell zu und drehe mich zu ihm um, als wäre nichts gewesen.

»Nichts, ich habe mir nur Erinnerungen angesehen.« Ich zeige dabei auf das Fotoalbum, das ich anschaulich nach oben halte.

Ich versuche ihn abzulenken und lege das Buch zur Seite.

Dann klopfe ich mit verführerischem Blick auf seine Bettseite. »Komm ins Bett, ich habe da etwas für dich!«

Ich zwinkere ihm zu, während ich meine Bluse langsam von oben nach unten aufknöpfe.

VIER

DIENSTAGMORGEN

Der Wecker klingelt. Finn schläft noch, denn er muss heute erst später raus, da er die Mittagsschicht übernehmen musste.

Murmelnd dreht er sich zu mir: »Wie spät ist es?«

»Es ist 7:00 Uhr. Schlaf noch ein bisschen, mein Schatz!«, flüstere ich ihm zu, drehe mich zu ihm rüber und gebe ihm einen Abschiedskuss.

»Pass auf dich auf!«, sagt er, bevor ich mich aus dem Bett wälze und zur Treppe gehe.

Jetzt erst mal einen schwarzen, heißen Kaffee. Noch im Halbschlaf quäle ich mich die knarrende Treppe nach unten in die Küche, um mir den gewünschten Koffeinschub zu holen.

Während ich auf den Kaffee warte, blicke ich zum Kühlschrank, an dem ein Foto von meinen drei Brüdern, meinen Eltern und mir hängt. Das muss jetzt schon fast zehn Jahre her sein, als die Welt noch in Ordnung war. Ich frage mich, was aus Tim geworden ist. Er ist der älteste der drei Brüder und ein Jahr älter als ich.

Ich habe ihn lange nicht mehr gehört, geschweige denn gesehen. Er ist vor acht Jahren aus Baumhausen und aus unserem Leben verschwunden. Seitdem habe ich auch kaum mehr Kontakt zu meinen Eltern. Vielleicht melde ich mich mal wieder bei ihm. Wie es ihm geht und was in seinem Leben gerade so passiert, würde mich interessieren.

In Gedanken vertieft, habe ich den Kaffee völlig vergessen. Ich öffne die oberste Schublade, um mir meinen Würfelzucker zu holen und lasse ihn in meinen schwarzen Kaffee fallen. Den Geruch von diesem starken Kaffee in der Nase und den leicht süß-bitteren Geschmack auf der Zunge kann ich nicht missen. Ja, so beginnt ein guter Tag.

Noch in Jogginghose stolpere ich ins Bad, um mich im Spiegel anzusehen. Das Gesicht mit Wasser waschen, Zähne putzen und etwas anziehen, bevor der Tag startet. Das Wetter ist laut Handy-App heute sehr schön. Etwas frisch, aber sonnig, deshalb habe ich mir bereits schon gestern mein Lieblingskleid herausgesucht.

Es ist rot, hat kleine, weiße Pünktchen und einen schwarzen, aufgestickten Gürtel an der Taille. Dazu ziehe ich eine blickdichte, schwarze Strumpfhose an, die mich etwas vor dem kalten Wind schützen soll, und kleine, süße Sneakers in Weiß. Noch die Haare zu einem Pferdeschwanz zusammenbinden und dann bin ich schon bereit, in den Tag zu starten.

Vorsichtig schließe ich die Tür hinter mir und bleibe für einen kurzen Moment auf unserer Fußmatte stehen. Ich richte mein Gesicht mit geschlossenen Augen zur Sonne, die sich gerade langsam hinter den Hügeln blicken lässt.

Die ersten Sonnenstrahlen und ihre Wärme im Gesicht zu spüren, ist einer der schönsten Augenblicke am Tag für mich.

Ich sehe schon von Weitem Sara auf mich warten und sie hat wie immer einen Kaffee in der Hand. Je näher ich zu ihr komme, desto besser kann ich ihren heutigen Look begutachten.

Sie trägt heute die Haare geschlossen. Sie sind zu einem Dutt geflochten. Ein kirschrotes Bandana verziert ihre Haare mit einer Schleife auf der rechten Seite am Vorderkopf. Dazu trägt sie wie immer die passenden High Heels. Diese sind natürlich auch in Rot und dazu trägt sie eine helle Jeans, die ihre Kurven besonders gut zum Vorschein bringt. Das Oberteil hingegen fällt heute eher schlicht aus. Es ist in einem klassischen, ausdruckslosen Schwarz.

»Uih, du siehst ja heute schick aus!«, höre ich sie schon von Weitem jauchzen.

Ich kann mir dabei kein Lächeln verkneifen.

»Hey Sara! Wie geht es dir, Liebes?«

»Sehr gut, ich wurde gestern befördert. Ich bin jetzt offiziell Filialleiterin der Modeboutique *M. M. Sunshine*«, sagt sie mit einer Begeisterung, die ich von ihr so noch gar nicht kannte.

»Sara, das freut mich! Warum hast du gestern nicht angerufen? Wir hätten darauf anstoßen können!«

»Ich wollte es dir persönlich sagen, tut mir leid, Süße. Zudem hätte ich gestern auch nicht Zeit gehabt. Ich habe Sebastian nochmals getroffen und leider war da auch nicht das Wahre dabei, aber das erzähle ich dir ein anderes Mal. Versprochen.«

»Oh, das tut mir aber leid. Was hat er angestellt?«, frage ich ganz erschrocken.

Dass diese kleine Romanze so schnell zu Ende geht, hätte ich mir nicht mal in meinen Träumen ausmalen können.

»Ich möchte gerade nicht darüber sprechen. Wir reden ein anderes Mal!«, gibt sie mir klar und deutlich zu verstehen und verzieht dabei nicht eine Miene in ihrem Gesicht.

»Verstehe, dann erzähl mir etwas über deine Beförderung!«

»Das hat sich einfach so ergeben, Lay. Die Filialleiterin ist aus einem mir nicht bekannten Grund abgesprungen und in mir sah Markus Maler, der Inhaber der gesamten Kette *M. M. Sunshine*, Führungspotenzial.«

Sie strahlt in diesem Moment so hell wie die Sonne und ich gönn ihr das von ganzem Herzen.

»Das hört sich ja super an! Du bist also dein eigener Boss?« Ich platze gleich vor Begeisterung. »Ich bin so neidisch auf dich. Das hast du dir aber wirklich verdient!«

»Danke Lay, ohne dich wäre ich bestimmt nicht so weit gekommen, geschweige denn bis hierher, wo ich jetzt stehe.«

»Oh, lass dich drücken, Liebes.«

Ich freue mich so für sie! Das sind endlich einmal seit langer Zeit tolle Neuigkeiten. Mich würde aber dennoch brennend interessieren, was mit Sebastian gelaufen ist. Warum ist es so schnell in die Brüche gegangen, wo es doch gerade erst angefangen hat?

Das Wetter ist heute wirklich wunderschön. Die Sonne erstreckt sich mittlerweile über die ganze Straße.

In der Ferne kann ich schon Noah sehen, der abermals einen Kaffee trinkt und eine Zigarette raucht.

»Sehen wir uns heute Mittag auf einen Kaffee? Dann erzähle ich dir alles über Sebastian, okay?«, schlägt sie vor.

»Ja, würde mich freuen, Sara! Nun geh und lass den Boss raushängen!«, grinse ich und verabschiede mich mit einem dicken Schmatzer auf die Wange.

Mit kleinen Schritten bewege ich mich zu dem Glasgebäude, das sich auch mein Arbeitsplatz nennt, und sehe dabei einen kleinen Frosch friedlich über die kaum befahrene Fußgängerzone hüpfen.

»Hey Noah!«

»Hallo Layla.«

Er mustert mich von oben bis unten und ich kann dabei schon ein leichtes Schmunzeln in seinem Gesicht erkennen. Was er sich dabei wohl denkt, während er mich versucht zu röntgen?

»Du siehst ja heute schick aus! Gibt es dafür einen besonderen Anlass?«, fragt er mich überrascht.

»Nein. Ich wollte mich einfach mal wieder hübsch fühlen. Darf ich denn nicht?«, frage ich und viel zu spät bemerke ich meinen gereizten Unterton.

»Doch, doch, ich wollte dir nur ein Kompliment machen. Tut mir leid, wenn du es anders aufgenommen hast.«

Sein Lächeln im Gesicht ist mittlerweile verschwunden und er sieht mich jetzt ernster denn je an.

»Alles in Ordnung, Noah. Tut mir leid, ich bin etwas angespannt wegen morgen Abend«, sage ich einsichtig.

»Verständlich, lass uns reingehen«, sagt er kühl

»Kaffee?«, fragt mich Noah von hinten.

Vor Schreck zucke ich zusammen und hätte ihm fast eine reingehauen.

»Erschrick mich doch nicht so!«, fauche ich ihn an, »das ist nicht sehr nett von dir.«

»Mensch Layla, heute bist du ja überempfindlich!«, schnauzt er mich an.

»Ja, bitte einen Kaffee«, murmele ich schuldig.

Wir schlendern zum Kaffeeautomaten inmitten der Unordnung, die in unserer Redaktion herrscht. Papier liegt neben dem Mülleimer, der sich zentral im Chaos befindet.

»Wie wird das morgen wohl ausgehen?«, frage ich ihn leicht besorgt.

»Ein Verschwundener, ein Toter? Wer weiß? Vielleicht auch gar nichts«, sagt er recht uninteressiert.

»Wie kann es dich so kalt lassen, Noah? Interessiert es dich denn nicht, wer an all dem verantwortlich ist?«

»Es gibt Sachen, die will ich einfach nicht wissen, Layla, und das ist eine davon«, sagt er und geht mit seinem Kaffee in sein Büro.

Komisch, warum verhält sich Noah so auffällig? Hat er etwas zu verheimlichen? Ich schüttle den Kopf und kneife meine Augen dabei zusammen.

»Nein, das ist doch Schwachsinn«, flüstere ich mir zu und begebe mich in mein Büro, »er würde mir doch alles sagen.«

Schon fast auf den Boden starrend erwische ich mich dabei, wie ich immer noch daran denke. Ich nippe an meinem schwarzen Kaffee und bemerke, dass ich den Zucker vergessen habe.

Wieder auf dem Weg zum Kaffeeautomaten, um mir mein Zuckerstück zu holen, fallen mir wieder die Notizen von gestern ein. Meine handgeschriebenen Verschwörungstheorien und Informationen zu den verschwundenen Menschen lassen mich nicht los. Dabei fällt mir etwas ein.

Schnell nehme ich mir mein Zuckerstück, das ich schon wieder fast vergessen hätte und schreite schnurstracks zwischen den taumelnden Menschen hindurch in mein Büro.

Erschrocken blicke ich auf den PC, der in der Mitte des Raumes steht. Warum ist mein PC eingeschaltet? Ich hatte ihn doch gestern ausgeschaltet oder habe ich ihn vorhin eingeschaltet? Ich weiß es nicht mehr.

Ich habe heute früh mein schwarzes Buch mit eingepackt, damit ich mir die ganze Sache nochmals in Ruhe ansehen kann. Ich setze mich in den knarrenden Bürostuhl und nehme das Fotoalbum aus der Tragetasche, die ich immer bei mir habe. Ich öffne es auf der dritten Seite, in der meine handgeschriebenen Notizen zu finden sind und lese mir diese nochmals in Gedanken durch.

John Wagner: ging in Reimberg zur Schule; zog mit seiner Kindergartenliebe nach Baumhausen, wo er dann als Koch in einem Zwei-Sterne-Hotel arbeitete; bekam mit seiner Frau Susanne Wagner zwei Kinder: einen Jungen (9) und ein Mädchen (5); seit einem Jahr geschieden

Paul Schulz: *Grundschulkind in Baumhausen; liebt das Weltall und betrachtete es immer mit seinem Teleskop, Eltern: Luzie und Simon Schulz,*

Luzie Schulz – Grundschullehrerin, 31 Jahre

Simon Schulz – Schuster in seiner eigenen kleinen Werkstatt; Hobbyjäger, 35 Jahre

Das Ganze ist mir nicht neu. Immerhin hatte ich die Notizen erst vor zwei Jahren zuletzt in der Hand und ergänzt. Vielleicht finde ich über John andere Details oder Hinweise in Anzeigen im Internet.

WOODOO.de
Suchleiste: John Wagner vermisst

Sofort schießen mir fünf Anzeigen ins Auge, wovon zwei von mir stammen.

- Suche nach vermisstem Familienvater geht weiter
- Seit einem Jahr wird der Familienvater John Wagner vermisst
- Koch in Baumhausen vermisst
- Die heiße Spur?
- Baumhausen: John Wagner wird vermisst – Polizei bittet um Hinweise

Familienvater seit fast einem Jahr vermisst
VERSCHWUNDEN: **»Der Fall John ist kein Cold Case«**

John Wagner wird seit Ende März 2012 vermisst
Foto: Polizei Reimberg
22.03.2013 – 14:36 Uhr

Reimberg – Am 25.03.2012 teilte uns die Reimberger Polizei in einer Pressemitteilung mit, dass ein 31-Jähriger vermisst wird. Aus der zunächst alltäglich klingenden Mitteilung wurde irgendwann »Der Fall Wagner«, einer der spektakulärsten Vermisstenfälle der vergangenen Jahrzehnte. Nur knapp zehn Monate später hat sich die Generalstaatsanwaltschaft in einem Kurzvideo zum Stand der Ermittlungen geäußert.

Der Vorgang überrascht, denn der ReplAY-Kanal der Behörden, auf dem das 52-sekündige Video zu sehen ist, war bisher nicht aktiv. Es ist das erste Video, obwohl der Kanal seit dem 8. September existiert.

»Der Fall John ist für uns kein Cold Case. Wir suchen weiter nach John«, beginnt Martin Stehler, Sprecher der Generalstaatsanwaltschaft.

Tausende Hinweise seien seit dem Verschwinden des Sternekochs eingegangen. Man sei ihnen nachgegangen, habe sie abgearbeitet und das werde auch weiterhin getan. Zwischenzeitlich seien zwei Mordkommissionen an den Ermittlungen beteiligt gewesen; Einsatzhundertschaften, Polizeihunde und Polizeitaucher. Aber: »Wir haben John nicht gefunden«, so Stehler.

Zunächst sei es ein Vermisstenfall gewesen. »Nach kurzer Zeit zeigt sich aber, dass John plötzlich und spurlos verschwunden ist, ohne dass es irgendwelche Hinweise darauf gab, dass er freiwillig verreist, untergetaucht oder sogar entführt worden sein könnte.«

Vertieft in diesen Artikel und auf der Suche bei ReplAY nach diesem Video, bemerke ich, dass Noah in mein Büro stürmt. Abermals erschrecke ich mich zu Tode und schenke ihm die volle Aufmerksamkeit.

»Wir haben eine Leiche!«, schreit er voller Aufregung.

»Wo und wer?«, frage ich ganz verängstigt.

»Erkläre ich dir alles auf dem Weg dorthin. Komm, wir müssen los!«

FÜNF

Ich schnappe mein Diktiergerät, mein Notizbuch und einen Stift. Danach bewege ich mich rasch in Richtung Ausgang, wo Noah bereits mit vorgefahrenem Wagen auf mich wartet. Ich öffne die Autotür des silbernen Wagens und setze mich auf die neuen Autositze. Kaum Zeit mich anzuschnallen, fährt er sogleich auch schon los.

»Wen haben sie gefunden und wo?«, frage ich neugierig. Stift und Block halte ich schon bereit für kurze Notizen.

»Ersten Erkenntnissen nach steht fest, dass die Leiche männlich ist. Jedoch haben sie noch keine genauere Identität, da die Leiche schon längere Zeit tot sein müsste«, sagt er mit einer präzisen Ausdrucksform.

»John Wagner?«

Ganz in meinem Element schreibe ich mir Stichwörter in eine Mindmap, die ich mir in meinem Notizblock aufzeichne. In der Mitte der Mindmap scheint der Name *John Wagner* auf.

»Sie wissen es noch nicht, Layla. Bitte versteife dich nicht so auf deine Theorien. Es könnte auch sonst wer sein. Einer, den nie jemand als vermisst gemeldet hat, zum Beispiel«, sagt er mit erhobener Stimme und kratzt sich dabei im Nacken.

»Aber es könnte …«, meine ich ausdrucksvoll.

»Ja, es könnte. Dennoch muss es nicht so sein«, sagt er.

»Wir werden sehen. Du weißt, ich habe meistens recht.«

»Jaja«, sagt er spöttisch.

Je weiter wir den Hügel nach oben fahren, desto düsterer wird der Himmel. Ich bemerke gerade, dass ich dafür die falsche Kleidung trage, aber das ist mir in diesem Moment ziemlich egal. Mein Puls müsste mittlerweile schon bei 150 sein und er wird zunehmend höher, je näher wir nach Baumhausen kommen.

»Wo haben sie den Leichnam gefunden?«, platzt es vor Neugier aus mir heraus.

»Am Teich.«

»Im Wasser?«

»Nein, davor«, erwidert er.

Warum sollte ein Leichnam plötzlich wieder auftauchen? War es gewollt oder doch ungewollt? Was ist damit passiert? Wie wurde er ermordet? Suizid oder gar ein Unfall? Wurde er überhaupt ermordet?

Meine Gedanken kreisen kreuz und quer in meinem Kopf herum. Dabei mache ich mir kleine Notizen in meinem Block.

Mord?　　　　　　*Unfall?*

　　Suizid?　　　　　　　*Wer ist es?*

　　　Verdächtige?

Ich kann in der Ferne schon die Blaulichter und die Absperrungen sehen. Es müssen bestimmt zwei bis drei Polizeiautos sein. Genauer kann ich es noch nicht sagen, da wir immer noch zu weit weg sind. Mein Puls ist mittlerweile schon bestimmt bei 200 angelangt und ich zittere vor Aufregung. So angespannt war ich das letzte Mal bei meiner Abschlussprüfung der Oberstufe.

Oben angekommen steige ich aus dem Auto aus und ein starker Wind weht durch mein Haar. Unter meiner Strumpfhose macht sich Gänsehaut breit und mein Atem wird zunehmend schneller. Die Sonne hat sich hier hinter den Wolken verzogen. Der dunkle Himmel macht die Situation nicht entspannter und die Stimmung hier ist recht bedrückend.

Ich sehe fünf Personen, die um den Leichnam herumstehen. Der Kerl, der an der rechten Seite der Leiche kauert, sieht sehr bescheiden aus. Er hat schon viele Jahre auf dem Rücken. Das kenne ich ihm an. Die Miene in seinem Gesicht ist recht ernst. Er sieht sehr ausdruckslos aus und wirkt auffallend ruhig. Als er uns einen Blick zuwirft, scheint er ziemlich genervt zu sein.

Noah hat bereits seine Kamera gezückt und bereitet sich vor, ein paar Fotos von der Unfallstelle zu schießen. Er knipst ein, zwei Fotos von dem Teich, damit wir unseren ersten Bericht fertigstellen können.

Der Kerl starrt immer noch in unsere Richtung und mir wird immer unwohler, immer schlechter. Mir kommt es so vor, als müsste ich mich gleich übergeben. Sein Blick fixiert und durchlöchert mich. Mit seinen grauen Haaren und seiner schwarzen, markanten, quadratischen Brille sieht er zu uns rüber. Ich kann schon förmlich seine Augenfarbe erkennen.

Als er sich plötzlich erhebt und mit seinen klischeehaft weißen Handschuhen uns zu verstehen gibt, dass wir unter der Absperrung hindurch dürfen, erhasche ich einen kurzen Blick zu Noah. Mit kommt vor, dass es ihn nicht interessiert. Es scheint so, als ob ihm alles egal wäre und er keinen Bock auf Arbeit hätte. Er bemerkt, dass ich leicht panisch bin und legt eine Hand auf meine linke Schulter.

»Ich kann auch allein gehen«, sagt er sicher.

»Warum dürfen wir durch? Ich meine, wir sind doch keine Polizisten oder von der Kripo oder sonst was. Das ist doch bestimmt eine Straftat, oder nicht?«, frage ich verunsichert und mit Schweißperlen auf der Stirn, die bei dieser Kälte schon fast gefrieren könnten.

»Vertrau mir«, sagt er recht kalt und hebt das Absperrband nach oben, damit ich eine leichte Durchgangsmöglichkeit habe.

Das feuchte Gras hier am Teich macht es mir nicht leichter, mich auf die Leiche zuzubewegen. Meine weißen Sneakers sind mittlerweile auch nicht mehr weiß und haben sich schon mit dem Wasser vollgesogen.

»Keine Fotos von der Leiche aus der Nähe!«, sagt er mit bestimmter Stimme, die mich zusammenzucken lässt.

»Hallo Papa«, sagt Noah kaum beeindruckt.

Ich drehe mich erschrocken und fassungslos zu Noah um. Ich kann es nicht fassen! Wie konnte er mir nur so etwas verschweigen? Sein Vater bei der Mordkommission an oberster Front. Jetzt weiß ich auch, woher er all die Daten und Informationen hatte.

Noah stößt mir mit seinem rechten Ellenbogen in die Seite und will mir höchstwahrscheinlich damit zu verstehen geben, dass ich mein Diktiergerät herausholen soll. Völlig überfordert greife ich in meine Seitentasche, um das Gerät hervorzuholen. Ich reiche Noah das Diktiergerät und er hält es sich vor den Mund.

»Wir befinden uns gerade am Teich von Baumhausen mit Herrn Leon Maier, dem ermittelnden Mordkommissar. Datum: 24.03.2016, Uhrzeit: 10:52 Uhr«

Noah: »Herr Maier, wann wurde die Leiche entdeckt?«

Leon: »Heute um 8:33 Uhr erreichte uns ein Anruf.«

Noah: »Wer ist die Leiche? Wissen Sie schon etwas darüber? Könnte es John Wagner sein?«

Leon: »Wissen wir noch nicht. Wir müssen die Obduktion abwarten, damit wir mehr wissen.«

Noah: »Stimmt es, dass die Person zum derzeitigen Zeitpunkt vermutlich als männlich eingestuft wird?«

Leon: »Ja, das stimmt.«

Noah: »Weiß die Polizei schon etwas über die Todesursache?«

Leon: »Laut erster Begutachtung der Fachleute vermuten sie eine stumpfe Gewalteinwirkung am Hinterkopf. Ob dieser Schlag ausschlaggebend für den Tod war, ist derzeit noch unbekannt.«

Noah:	»Warum hat man die Leiche nie gefunden? Wurde sie hier mit Absicht platziert?«
Leon:	»Die Leiche wurde erst vor Kurzem hier platziert.«
Noah:	»Warum ist sie nach vier Jahren noch so gut erhalten?«
Leon:	»Nach Absprache mit meinem Rechtsmediziner nehmen wir an, dass der Leichnam künstlich konserviert wurde.«
Noah:	»Zu welchem Zeitpunkt könnten Sie Genaueres wissen?«
Leon:	»Nachdem die Spurensicherung damit fertig ist, wird die Leiche in die Leichenhalle gebracht und obduziert.«
Noah:	»Sie sind nicht auf meine Frage eingegangen. Zu welchem Zeitpunkt wissen wir Genaueres?«
Leon:	»Ich schätze, im Laufe des Nachmittages wissen wir genauer Bescheid.«
Noah:	»Vielen Dank für das Interview, Herr Maier.«

Nickend verabschiedet sich nun auch Noahs Vater und Noah drückt mir das Diktiergerät erneut in die Hand. Ich verstaue es wieder in meiner Tasche und merke eine leichte Anspannung, die zwischen Noah und Leon herrscht.

Die Luft hier ist zunehmend kälter geworden und ich spüre, wie sie sich in meinen Lungen ausbreitet.

Ich starre in die leere Weite und erschrecke. Es sieht so aus, als würde auf dem Hügel eine in Schwarz gehüllte Person stehen, die direkt zu uns herunterstarrt.

»Bist du schockiert?«, fragt Noah mit ruhiger Stimme.

»Hm?«, frage ich, immer noch auf den Hügel starrend.

»Wegen meinem Vater?«

»Ja«, sage ich sicher, »du hättest mir ruhig etwas sagen können.«

Leicht angepisst schaue ich zu Noah, den es scheinbar nicht interessiert, dass ich sauer auf ihn bin.

»Ich respektiere, dass du wütend auf mich bist. Es ist kompliziert und ich möchte nicht darüber sprechen«, sagt er mit verhaltener Stimme.

»Ja, ich verstehe. Es tut mir leid, Noah. Ich wollte dir nicht zu nahe treten«, erwidere ich geschlagen.

»Lass uns fahren, Layla. Wir müssen arbeiten«, sagt er ohne Energie.

Auf dem Weg zum Wagen verschlechtert sich das Wetter zunehmend. Dichter Nebel zieht auf und der Wind wird immer stärker. Ich drehe mich nochmals zur Leiche, die in der Zwischenzeit von vier Männern eingepackt und in den eisernen Sarg gesteckt wird.

Ein leichter Schauer überkommt mich, als ich abermals auf den Hügel blicke. Die schwarze Gestalt, die dort einfach nur gestanden ist, ist verschwunden.

»Layla, alles in Ordnung?«, fragt Noah mich besorgt.

Ich löse mich aus meinem versteiften Blick und sehe in Noahs Gesicht.

»Ja, ich dachte nur, ich hätte oben auf dem Hügel etwas oder jemanden gesehen«, sage ich und zeige mit meinem Finger nach oben auf die Spitze.

»Du hast dich bestimmt nur getäuscht. Da oben ist niemand«, sagt er gewiss und öffnet mir die Beifahrertür des Wagens.

»Bitteschön Madam!« Während er das zu mir sagt, zwinkert er mir zu und lächelt mir zudem ins Gesicht.

Ich bedanke mich bei ihm und setze mich in den Wagen. Erst jetzt bemerke ich diese Note, die sich im Inneren des Wagens ausgebreitet hat. Es riecht nach Vanille, gemischt mit einem Hauch des Aftershaves, das Noah immer benutzt.

Ich drehe mich zu Noahs Vater, der mittlerweile nur mehr mit einem augenscheinlich bekannten jungen Mann redet. Ihre Blicke gehen in unsere Richtung und fixieren uns. Was sie wohl über uns zu besprechen haben? Ist es etwas Schlimmes oder vermuten sie etwas? Wenn ich doch bloß in die Köpfe der Menschen blicken könnte. Er weiß mehr als das, was er uns gesagt hat. Das steht fest und ich hoffe, diese Informationen bekomme ich auch noch irgendwie heraus.

Noah öffnet die Fahrertür und steigt zu mir in den Wagen.

»Gibt es etwas, das du mir sagen möchtest?«

»Nein, alles okay.«

In meinem Kopf schwirren hundert Gedanken umher, die ich zu ordnen versuche. Ein Blick auf meine vorher weißen Schuhe verrät mir, dass hier Dreck am Stecken ist. Mich würde jedoch brennend interessieren, was da genau zwischen Noah und Leon vorgefallen ist. Laut Blicken muss es ziemlich arg gewesen sein.

»Halte dich da raus, Layla«, flüstere ich mir zu.

»Was sagst du da?«, fragt mich Noah direkt.

»Nichts, tut mir leid, ich rede nur mit mir selbst.«

Noah sieht mich fragend an und sein Gesicht könnte in diesem Moment Bände sprechen. Dann dreht er sich wieder nach vorne und steckt den Schlüssel in das

Zündschloss. Ich hole meinen Notizblock aus der Tasche und fange an, ein Fragezeichen vor gewissen Stellen zu setzen.

Wer war die Person am Hügel?
War da überhaupt jemand?
Warum war die Leiche so gut erhalten? Infos suchen!
Warum tauchte die Leiche erst jetzt wieder auf?
Wo war sie die ganze Zeit?

Fragen über Fragen schwirren in meinem Kopf umher und ich schaffe es nicht, sie zu beantworten. Mein Puls hat sich wieder normalisiert, nur meine Gedanken nicht. Ich bekomme leichte Kopfschmerzen und fange an, mit Zeige- und Mittelfinger meine Schläfen zu massieren.

Noah erhascht einen kurzen Blick von mir und fragt mich dann verdutzt: »Kopfschmerzen?«

»Etwas«, sage ich rasch, »damit habe ich nicht gerechnet.«

»Womit?«, fragt er mit hochgezogener Augenbraue.

»Alles.«

Und bei dieser Aussage bleibt es auch. Stille macht sich in dem Wagen breit und wenn jetzt eine Stecknadel fallen würde, könnte ich sie hören.

Wieder in der Redaktion angekommen, werden wir schon sehnsüchtig von allen erwartet. Fragen durchlöchern uns von Anfang an und wir kommen keinen Schritt voran.

»Wie war es?«

»Wie sah er aus?«

»Konntet ihr etwas erkennen?«

»Wer ist es?«

»Ich muss den Bericht schreiben. Dort findet ihr dann alles, was ihr wissen wollt«, sage ich mit einer leicht genervten und sogar für mich selbst etwas verwirrten Stimme.

»Layla, möchtest du einen Kaffee?«, fragt Noah ruhig.

»Ja bitte, schwarz mit einem Stück Zucker«, erwidere ich, während ich mich schleppend in mein Büro begebe.

Ich öffne die Glastür und setze mich in meinen knarrenden Bürostuhl, lehne mich zurück und schlage die Hände vor mein Gesicht.

»Das ist heute nicht wirklich passiert, oder?«, frage ich mit beunruhigter Stimme.

»Doch«, höre ich eine Stimme, die sich in der Nähe der Tür befinden muss.

Ich nehme die Hände langsam von meinem Gesicht und starre erschrocken zu Noah.

»Hier, dein Kaffee, Layla. Soll ich den Bericht für dich schreiben?«, fragt er mich mit besorgter Stimme.

»Nein«, erwidere ich, »ich brauche nur etwas Zeit.«

»Verständlich!«, sagt er, bevor er wieder durch die Tür verschwindet.

Ich bewege die Maus meines Computers, der sich bereits im Ruhemodus befindet, um wieder einsteigen zu können. Ich öffne das leere Blatt, das den gesamten Bildschirm einnimmt. Aus meiner Tasche hole ich meinen Notizblock und das Diktiergerät mit den aufgenommenen kalten Stimmen von Noah und seinem Vater, dem Mordkommissar.

»Wir befinden uns gerade am Teich von Baumhausen mit Herrn Leon Maier, dem ermittelnden Mordkommissar. Datum: 24.03.2016, Uhrzeit: 10:52 Uhr«

Ich schließe meine Augen und lasse die Stimmen durch meinen Kopf hallen.

[…]

»Warum ist sie nach vier Jahren noch so gut erhalten?«

»Nach Absprache mit meinem Rechtsmediziner nehmen wir an, dass der Leichnam künstlich konserviert wurde.«

[…]

»Vielen Dank für das Interview, Herr Maier.«

Mordermittlungen in Baumhausen

Paukenschlag im Fall Wagner – Leichnam gefunden

Paukenschlag im mutmaßlichen Mordfall Wagner. Was seit Jahren vermutet worden war, ist nun traurige Gewissheit.

Nach ersten Bekanntgaben der Mordkommission vermutet man, dass es sich bei dem Leichnam um den seit vier Jahren vermissten John Wagner (35) handelt. Der leblose Körper wurde heute gegen 8:33 Uhr Ortszeit von einer Passantin gefunden, die mit ihrem Hund spazieren war. Der Leichnam wurde in die Leichenhalle von Reimberg zur Obduktion gebracht. Mordkommissar Leon Maier nimmt an, dass es sich nach ersten Erkenntnissen um einen Totschlag handelt, der durch eine stumpfe Gewalteinwirkung am Kopf verursacht wurde. Genauere Informationen zum Opfer erhalten wir im Laufe des Nachmittags.

Bestätigen und absenden.

Ich schaue auf meine Wanduhr, die gerade mit einem *Klack* die Zahl gewechselt hat.

12:16 Uhr

Die Zeit ist heute Vormittag so schnell verflogen, dass ich sie komplett vergessen habe. Ich muss mich heute noch mit Sara zum Kaffee treffen und sollte mich beeilen. Es ist schon spät. Sara hat es nicht gern, wenn sie warten muss. Das habe ich damals schon einmal am eigenen Leib erfahren müssen.

Ich muss schmunzeln, als ich wieder daran denke, aber genug davon. Ich fahre den Computer herunter und nehme meine Jacke vom Haken. Ich blicke aus dem Fenster und sehe die strahlende Sonne. Es ist warm draußen, also lege ich die Jacke auf meinen rechten Unterarm und verlasse die Redaktion.

#III

Mit deinem gepunkteten, roten Kleid siehst du heute sehr kindlich und niedlich aus. Es steht dir. Der Wind weht dir das kurze Kleid gegen die Oberschenkel. Ich kann so deine Umrisse schön erkennen.

Mit diesen schwarzen Strumpfhosen willst du also etwas erwachsener wirken, oder? Besser würde es dir ohne stehen.

Was wolltest du mit diesen weißen Schuhen bezwecken? Sie sind hierfür nicht geeignet. Dieser nasse Boden frisst sich in deine Schuhe. Vielleicht verschlingt das Wasser dich sogar?

Du kannst mich sehen, Layla. Nicht wahr? Du kannst mich erkennen und weißt dennoch nicht, ob ich nur in deiner Einbildung existiere oder real bin.

Fühlst du dich beobachtet, kleine Layla? Mache ich dir Angst? Du brauchst vor mir keine Angst zu haben, Layla. Ich werde dir nicht wehtun.

SECHS

DIENSTAGMITTAG

Ich treffe Sara im Sonnengarten. Sie lächelt und winkt zu mir rüber. Die Sonne ist wieder sehr schön zum Vorschein gekommen, sodass wir beruhigt draußen im Warmen sitzen können.

»Hey Lay!«, sagt sie glücklich.

»Hallo Sara, wie geht es dir?«, frage ich sie.

»Gut. Und dir?«

»Auch gut, danke«, antworte ich.

Die Bedienung kommt in unsere Richtung und strahlt wie der Name dieses Hotels.

»Was darf ich euch bringen?«, fragt sie vorsichtig.

»Dasselbe wie immer, Lay?«

Ich nicke.

Sie dreht sich zur Bedienung und sagt entschlossen: »Einen Macchiato und einen Espresso lang, danke.«

Die Bedienung – auf ihrem Schild kann ich den Namen Lara lesen – scheint deutlich nervös zu sein. Sie ist wahrscheinlich noch nicht so lange als Kellnerin tätig. Sie tippt sehr aufgeregt und angespannt auf ihrem Orderman herum.

»Lara?«

Sie dreht sich zu mir.

»Kannst du mir bitte noch ein Glas frisch gepressten Orangensaft bringen?«, frage ich sie freundlich.

»Natürlich«, antwortet sie sanft und mit ruhiger Stimme.

Sie geht zum Eingang und verschwindet hinter der schwarzen Eisentür. Ich zücke aus meiner Seitentasche eine Zigarettenpackung und nehme eine Zigarette heraus. Während ich mein Feuer suche, ertönt ein lauter, schriller Schrei, der von meiner Freundin kommt.

»Lay!«, schreit sie, »was machst du? Du rauchst wieder?«, fragt sie ganz erschrocken.

»Lange Geschichte, aber mir geht es gut. Jetzt erzähl doch mal. Was war eigentlich mit Sebastian los? Lenk jetzt bloß nicht wieder ab und komm mir nicht mit: Das erzähle ich dir ein anderes Mal.«

»Na gut«, sagt sie geschlagen und fängt an zu erzählen. »Es war so, du weißt doch, wir hatten am Sonntag einen wunderschönen Abend und eine wunderschöne Nacht.«

Sie hält kurz inne, als sie bemerkt, dass Lara mit unserem Kaffee und meinem Orangensaft kommt.

»Lara, könnte ich bitte einen Bauerntoast bekommen?«, fragt Sara.

»Zwei, bitte!«, unterbreche ich etwas lauter.

»Gerne.« Lara notiert es wieder in ihrem Orderman und verschwindet hinter der schwarzen Tür.

»Jedenfalls«, fährt Sara fort, »hat er eine Frau, mit der er zusammenlebt und drei Kinder.«

Meine Kinnlade fällt nach unten und ich unterbreche sie: »Bitte was?«

»Ja, du hast mich schon richtig verstanden«, sagt sie im vollen Ernst und ihr Lächeln verschwindet mit dem letzten Wort.

»Und wie hast du das herausgefunden?«, frage ich neugierig.

»Ach, das war ein ganz schöner Zufall.« Sie hält inne und holt tief Luft. »Sie kamen in meine Boutique.«

»Nein!«, sage ich ganz erschrocken, »das ist jetzt nicht wahr.«

»Dachte ich anfangs auch, aber ist so.«

Die schwarze Tür öffnet sich und Lara kommt mit unseren beiden Toasts um die Ecke. Den ersten Teller stellt sie zu Sara und den zweiten zu mir.

»Dankeschön«, sage ich zu ihr, während ich sie dabei anlächle.

Sie lächelt freundlich und zufrieden zurück.

Ich blicke auf den Bauerntoast von Sara, der leicht angebrannt ist. Sie hat ihn gerne so, denn genau so ist er sehr knusprig. Als Lara sich wieder auf den Rückweg macht, bemerke ich, wie Sara sichtlich der Appetit vergangen ist.

»Bedrückt es dich denn so sehr?«

»Es ist mal wieder eine zusätzliche Enttäuschung im Bereich Männer, aber was soll ich machen?«, lächelt sie gezwungen, damit ich ihr nicht anmerke, dass es ihr wirklich stark zu schaffen macht.

Konzentriert öffne ich die Ketchup-Tüte, die wie immer schwer gerade abzutrennen ist. Ich weiß nicht, was ich außer Ablenkung zu ihrer Situation noch Gutes beisteuern könnte und so versuche ich mein Glück bei ihr.

»Ich möchte morgen Abend bei meinen Eltern auf dem Hof übernachten, da Finn morgen die Nachtschicht übernehmen muss. Hast du Lust, mit mir nach Baumhausen zu kommen?«, frage ich sie, gespannt auf ihre Antwort.

»Es tut mir leid, Lay«, sagt sie verdutzt, »ich habe morgen Abend leider schon etwas vor. Wenn sich etwas ändern sollte, melde ich mich bei dir, okay Süße?«

»Okay«, sage ich überrascht, ohne weiter nachzufragen, »sehen wir uns dann morgen wieder zum Kaffee?«

»Ja, das geht in Ordnung«, antwortet sie und genehmigt sich den ersten Bissen ihres Toasts.

»Guten Appetit!«, wünsche ich ihr und wir essen beide genüsslich unsere Toasts.

Ich nippe an meinem Kaffee und beobachte sie beim Essen. Sie scheint heute leicht angespannt zu sein – weiß der Teufel warum – aber irgendetwas stimmt nicht. Vielleicht ist es wirklich *nur* Sebastian, der ihr so zu schaffen macht.

Wir müssen dann auch wieder los zur Arbeit. Womöglich gibt es in der Zwischenzeit Neuigkeiten von der Leiche. Ich bezahle alles und wir gehen auf die Hauptstraße zu.

»Bis bald Süße!«, verabschiedet sie sich, drückt mich einmal fest und verschwindet hinter dem Haus die Straße entlang Richtung Stadtmitte.

Ich zücke heute zum ersten Mal mein Telefon und entsperre es. Ich muss meiner Mutter Bescheid geben, dass ich morgen Abend zum Essen komme und über Nacht bleibe. Vielleicht schafft es Sara doch, morgen mit mir nach Baumhausen zu kommen.

Ich wähle die Nummer meiner Mutter. Es klingelt ein-, zwei-, drei-, ja sogar viermal, bis jemand rangeht.

»Mama?«, frage ich.

Ich muss sie bestimmt schon seit einer Woche nicht mehr gehört haben. Das alles ist gerade ziemlich viel und anstrengend für mich, sodass ich kaum Zeit habe, an etwas anderes zu denken.

»Ja Kleines?«, hallt ihre liebevolle und fürsorgliche Stimme durch das Telefon.

»Kann ich morgen Abend nach Hause kommen und bei euch schlafen? Sara kommt vielleicht auch, wenn das für euch in Ordnung ist?«

»Natürlich Kleines, ist etwas mit Finn? Habt ihr euch gestritten?«, fragt sie besorgt.

»Nein Mama, mit Finn und mir ist alles in Ordnung. Er muss nur morgen Abend bis Donnerstag früh arbeiten und ich möchte euch nicht allein lassen. Hast du das am Hausener Teich denn nicht mitbekommen?«

»Doch, natürlich Kleines. Wissen sie denn schon, wer es ist?« Ihre Stimme klingt jetzt sehr bedrückt.

Ich hätte das nicht ansprechen dürfen, aber das fällt mir viel zu spät auf. Es ist belastend, nichts zu wissen und doch stark involviert zu sein.

»Sie vermuten, dass es John Wagner ist, sicher sind sie sich jedoch noch nicht. Genaueres wird heute Nachmittag nach der Obduktion bekannt gegeben«, sage ich und es hört sich so an, als hätte ich es bereits auswendig gelernt.

»Oh«, sagt sie erschrocken, »das ist tragisch, aber zumindest hat die Familie nun Gewissheit.«

»Ja«, erwidere ich mit leiser Stimme und halte kurz inne, »sehen wir uns morgen Abend? Geht das wirklich in Ordnung für euch?«

»Natürlich Liebes, komm, wann immer du willst und bleib, wie lange du möchtest.«

»Danke Mama, ich muss zur Arbeit. Wir sehen uns morgen Abend, okay? Alles Gute bis dahin und pass auf dich auf.«

»Okay, du auch, Layla! Bis bald.«

Noah wartet wie immer vor der Redaktion auf mich. Wo hat er heute den Kaffee? Noah und kein Kaffee, das passt doch nicht zusammen. Das erscheint mir seltsam. Darauf muss ich ihn doch glatt ansprechen.

»Hey Noah! Kein Kaffee heute?«

»Ich hatte heute schon genug Adrenalin. Ich muss zurückschrauben«, sagt er und grinst dabei.

»Gibt es denn schon etwas Neues von der Leiche?«, frage ich ihn neugierig.

»Ja«, sagt er, »aber lass uns erst mal reingehen. Ich habe alles auf Band.«

Auf Band? Warum denn das? Angespannt folge ich Noah durch die Redaktion bis hin zu seinem Büro. Unsere Kollegen und Kolleginnen sehen verängstigt aus.

Was sie wohl bedrückt? Was in den Köpfen dieser Menschen wohl los ist? An was denken sie? Sind sie besorgt wegen morgen?

In Noahs Büro angekommen, höre ich den dumpfen Klang der Tür, die auf die Glasscheibe der Wand trifft. Er hat die Tür hinter mir geschlossen, damit wir mehr Privatsphäre haben.

»Setz dich!«, sagt Noah mit einem etwas ernsteren Tonfall.

»Aye, aye Sir«, spotte ich und muss dabei etwas grinsen.

Noah verdreht die Augen und fixiert mich. Er holt sein Handy und das Diktiergerät aus der Hosentasche und lässt es auf den Tisch fallen.

»Wird das jetzt ein Verhör?«, frage ich etwas verklemmt.

»Nein«, antwortet er kalt.

Er entsperrt das Handy und tippt zielstrebig darauf herum, als würde er etwas suchen, aber nicht finden.

 PLAY

Plötzlich höre ich erneut die Stimme seines Vaters aus dem kleinen Ding ertönen:

»Die Autopsie ist abgeschlossen, Noah. Wir haben herausgefunden, dass es sich wie vermutet um den seit vier Jahren vermissten John Wagner handelt. Er wurde durch einen Schlag auf den Kopf getötet, der womöglich von einem Stein verursacht worden ist.«

»Warum war die Leiche so gut erhalten?«

»Naja [...]«

Es wird still, so als hätte er sich die Worte zurechtlegen müssen. Ich warte gespannt auf das, was kommen wird und stütze mich mit meinen Ellenbogen auf den Tisch ab.

»[...] Der Leichnam wurde aus einem Gemisch von Harzen und ätherischen Ölen (Balsame) behandelt. Der natürliche Zerfallsprozess wurde so verlangsamt.«

Meine Kinnlade fällt nach unten, als ich das gehört habe. Wer würde denn so etwas tun? Wie kommt man denn auf so etwas? Das habe ich ja noch nie gehört. Das ist doch absurd.

 STOPP

Noah stoppt die Aufnahme und mir schießen weitere Fragen in den Kopf.

»Gab es sonst irgendetwas Auffälliges an ihm? Irgendetwas, das uns weiterhelfen könnte? Oder wissen sie immer noch nicht, wo sie anfangen sollen?«, frage ich neugierig.

»Nein, gibt es nicht und ich wiederhole mich nur ungern, Layla. Es ist nicht unsere Sache und wir sind nicht die ermittelnde Polizei. Verstehst du das?«

»Kein Grund ausfällig zu werden, Noah«, sage ich ziemlich überheblich.

Ich warte ungeduldig, bis Noah die Aufnahme weiter abspielt. »Nun? Was hat er noch gesagt?«

Er verdreht abermals die Augen und zieht anschließend eine Augenbraue nach oben. Ich will mehr Infos. Mehr Hinweise.

 PLAY

Noah spielt die Aufnahme wieder ab und Leon fährt fort.

»*Willst du sonst noch etwas wissen?*«, hallt es aus dem Gerät.

»*Anhaltspunkte, wer es sein könnte? Kennt sich jemand in Baumhausen mit Obduktionen aus? Verdächtige?*"

Fragen über Fragen. Ob Leon da noch den Überblick gefunden hat, werde ich bald erfahren.

»Das ist Sache der Mordkommission und kann derzeit noch nicht preisgegeben werden. Unser Pressesprecher wird dazu noch ein öffentliches Statement abgeben, aber noch nicht heute.«

Leon ist zunehmend ernster geworden und Noah interessiert es kein Stück. Seine Mimik hat er seit Beginn der Aufnahme bis dato nicht großartig verändert.

 STOPP

Er stoppt das Band erneut und sagt dann anschließend: »Das war's, mehr habe ich nicht.«

Ich kann schon fast eine leichte Enttäuschung in seinen Worten erkennen. Oder täusche ich mich da nur? Vielleicht interessiert es Noah doch allmählich, was in Baumhausen passiert.

»Nun, dann mache ich mich an die Arbeit. Kannst du es mir schicken? Wäre sehr nett von dir,« frage ich ganz vorsichtig.

»Nein, tut mir leid. Ich helfe dir, wo ich kann, jedoch dürfte ich so etwas nicht preisgeben. Mein Vater hätte es mir aus Datenschutzgründen nie sagen dürfen.«

»Verstehe«, sage ich enttäuscht, aber ich habe Verständnis dafür.

Ich erhebe mich aus dem grauen, harten Stuhl, der in seinem Büro steht, und gehe auf die Glastür zu. Die Türklinke ist kalt und als ich diese nach unten drücke, drehe ich mich nochmals zu Noah um.

»Danke«, sage ich und verlasse sein Büro.

Ich begebe mich zum Kaffeeautomaten, um mir einen Kaffee zu holen. Erst dann gehe ich wieder an die

Arbeit. Das habe ich gerade eben so beschlossen und das werde ich auch durchziehen.

In meinem Büro setze ich mich erst mal hin und blicke eine Weile auf die Pinnwand vor meiner Nase. Ich nippe an meinem Kaffee und lege mich in den Stuhl hinein.

»Wenn es doch nur so einfach wäre«, sage ich zu mir, während ich den Computer einschalte und ein neues Dokument öffne.

Das stille Grab – Tod in Baumhausen

Es ist nun traurige Gewissheit: John Wagner ist tot. Nach jahrelanger Suche konnte man den Leichnam am Hausener Teich ausfindig machen. Die Autopsie hat bereits die Todesursache klären können. Es handelt sich um Totschlag.

Aber warum war die Leiche nach vier Jahren noch so gut erhalten? Wir haben Mordkommissar Leon Maier befragt: »Der Leichnam wurde aus einem Gemisch von Harzen und ätherischen Ölen (Balsame) behandelt. Der natürliche Zerfallsprozess wurde so verlangsamt.«

Weitere Informationen in Bezug auf die Verdächtigen oder genauere Anhaltspunkte gibt es zu diesem Zeitpunkt noch nicht.

Und absenden.

Während ich an meinem Kaffee nippe, fällt mir auf, dass ich schon wieder den Zuckerwürfel vergessen habe. Der Kaffee schmeckt bitter und ich muss würgen. Mein Magen krampft sich zusammen und mir wird speiübel. Ich sollte es mit Zucker versuchen, vielleicht wird es mir dann besser gehen.

Als ich mich auf den Weg zum Büro mache, riskiere ich einen flüchtigen Blick in Noahs Büro, in dem ich ihn gerade telefonieren sehe. Mit wem telefoniert er? Hat es etwas mit dem Fall zu tun? Ich bin einfach von Grund auf ein neugieriger Mensch und diese Neugier wird mir irgendwann zum Verhängnis werden.

Ich öffne die oberste Schublade, um mir meinen Würfelzucker zu holen. Mist, wir haben keinen Zucker mehr. Schade. Unmotiviert und demoralisiert schleppe ich mich wieder in mein Büro und bemerke, dass Jonas darin steht.

Huch, was will *der* denn jetzt von mir?

Murmelnd vor mich hingehend, stelle ich mir etliche Fragen. Ich kann von hier schon erkennen, worauf er starrt. Nämlich auf meine Pinnwand, genauer gesagt auf die Daten von John Wagner, die ich mir damals rausgesucht und ausgedruckt habe. Ich öffne meine Glastür.

»Jonas, was für eine Freude Sie zu sehen!«, sage ich gut gelaunt und ironisch.

Mittlerweile bin ich bei ihm an einem Punkt angelangt, an dem es mir egal ist, was passiert. *Er* ist gestern zu weit gegangen. *Er* ist der, der mich verunsichert. *Er* ist der Grund, warum ich nicht mehr gerne zur Arbeit komme. *Er* ist mein Vorgesetzter und *er* hat sich auch so zu verhalten!

Ja, ich habe mich in letzter Zeit ziemlich gesteigert in Sachen Selbstwertgefühl, fällt mir gerade auf. So sicher war ich ja noch nie unterwegs. Ich bin überrascht. Woher das ganze Selbstbewusstsein kommt, kann ich nicht sagen, aber es gefällt mir. Ich habe einfach die Schnauze voll, dass sich Männer in dieser Gesellschaft immer alles erlauben dürfen, wenn sie in einer höheren Position sitzen.

Wenn ich so darüber nachdenke, könnte das kein Selbstbewusstsein sein, sondern einfach nur Wut. Die ganze Wut, die sich in der Zeit angestaut hat, und dieses Gefühl finde ich angsteinflößend.

»Layla! Es freut mich auch Sie zu sehen«, sagt er spöttisch, »hier, bitte, ein Zuckerwürfel für Sie!« Er zeigt ihn mir wie eine Trophäe, die er zwischen seinen Fingern gleiten und in meinen Kaffee plumpsen lässt.

»Danke«, sage ich und nehme einen großen Schluck von meinem mittlerweile lauwarmen Kaffee.

»Was kann ich denn für Sie tun?«, frage ich ihn und lege dabei meinen Kopf zur Seite.

»Ach, ich wollte nur mal sehen, wie es bei Ihnen so läuft. Geht es denn voran?«

»Natürlich«, erwidere ich und dieses Wort kommt wie aus der Pistole geschossen.

Mit jedem einzelnen Wort, das aus seinem Mund kommt, werde ich zunehmend ängstlicher. Warum Layla, warum? Du warst doch vorhin so überzeugt von dir selbst. Warum machst du denn jetzt so einen drastischen Rückzieher?

Ich fühle meinen Herzschlag im Hals und das Atmen fällt mir zunehmend schwerer. Krämpfe ziehen sich meinem Unterleib entlang nach oben. Sie lassen mich zusammenzucken. Was ist denn plötzlich mit mir los?

Mir wird schlecht. Alles dreht sich auf einmal und die Farben vor meinen Augen beginnen sich abzuwechseln.

Schwarz, weiß, schwarz, weiß.

Ich muss mich hinsetzen. Ich fühle mich so schwach, als würde mir jemand die Seele aus dem Leib saugen, als würde mir jemand die Luft abschnüren.

»Ich – ich – kann – nicht – mehr – atmen!«, bringe ich noch so mit gequälter Stimme heraus, bevor ich in mich zusammensacke und auf dem kalten Boden aufpralle.

I V

Du liegst so wehrlos auf dem Boden und weißt nicht, was in dich gefahren ist. Layla, das tut mir leid. Das wollte ich nicht.

Dein regloser Körper liegt einfach so da, ohne ein Lebenszeichen von dir. Layla, hörst du denn nicht, wie er dich ruft und dich dabei am Oberschenkel anfasst? Er genießt die Zeit. Ich kann es in seinem Gesicht erkennen, weißt du das, Layla?

Er fühlt sich in keiner Weise schuldig.

Layla? Du solltest diesen Kerl wirklich anzeigen.

Die halbe Redaktion schaut auf dich herab. Ein oder zwei deiner Kollegen machen sich sogar Sorgen um dich. Andere tuscheln und wieder andere starren auf deine Brüste. Warum musstest du denn genau heute dieses Kleid anziehen? Für wen wolltest du denn hübsch sein? Etwa für mich? Oder für ihn?

Sag mir, Layla, warum bist du so schwach? Fühlst du dich nicht gut? Ist etwas passiert? Jetzt ist gerade wirklich nicht die Zeit für ein Päuschen. Du hast noch viel zu tun, wenn du mich finden willst.

Ich bin immer da, Layla, immer da, wo du bist.

Kannst du mich sehen, Layla? Ich dich schon.

SIEBEN

DIENSTAGNACHMITTAG

»Mein Kopf brummt«, raunze ich mit noch zusammen-
gekniffenen Augen und mit einer Hand am Kopf.

»Das glaube ich Ihnen!«, grinst mich Jonas an, »Sie
sind auch mit voller Wucht auf den Boden geknallt.«

Ich öffne meine Augen und sehe um mich herum alles bekannte Gesichter. Fast die gesamte Redaktion steht
in einem Halbkreis um mich herum. Meine Ohren dröhnen und ich höre die ganze Zeit ein leichtes Summen darin. Das Atmen fällt mir – wie schon vorher – immer
noch schwer und es ist sogar schlimmer geworden.

Jemand hat mich in der Zwischenzeit mit meiner Jacke zugedeckt und mir eine andere – ich vermute, dass
es die Jacke von Jonas ist – unter meinen Kopf gelegt.
Sein Aftershave rieche ich jetzt noch viel intensiver als
vorher und das beunruhigt mich etwas.

»Wie geht es dir?« Noah sieht mich besorgt an und
reicht mir ein Glas Wasser. »Trink erst mal etwas. Du
bist anscheinend ziemlich stark mit dem Hinterkopf aufgekommen.«

Ich nehme meine Hand vom Kopf und schaue auf sie. Sie ist voller Blut. Mein Blut. Als Noah das sieht, händigt er mir ein Taschentuch aus, damit ich mir das Blut von der Hand wischen kann. Ich setze mich ganz vorsichtig auf und mein Kopf beginnt, sich erneut zu drehen.

»Ruhig!«, sagt Jonas sanft zu mir.

Ich habe noch nicht einmal die Kraft, irgendetwas dagegen zu sagen. Ich sitze da und betrachte einfach nur verschwommen die gesamte Situation. In der Ferne kann ich ganz leise das Martinshorn des Rettungswagens hören. Ich blicke zu Noah und sehe ihn hilfesuchend an.

Als würde er meine Gedanken lesen können, antwortet er mir: »Es ist besser, wenn du zur Kontrolle ins Krankenhaus fährst.«

»Sie sind überarbeitet. Sie machen in letzter Zeit ziemlich viele Überstunden, ist mir aufgefallen«, sagt Jonas mit besorgter Stimme.

Ich trinke einen Schluck Wasser und blicke fragend in die Runde, als sich die Tür der Redaktion öffnet und Finn mit raschen Schritten herein- und auf mich zukommt.

»Layla, was ist denn passiert?«

Sein Blick mustert mich von oben bis unten und er umfasst dabei mein Handgelenk mit seiner kalten Hand. Vielleicht will er so meinen Puls ertasten oder gar kontrollieren.

»Schwacher Puls, gleichmäßig, ungefähr …« Er hält kurz inne und sieht auf seine Uhr. »75 Schläge pro Minute«, sagt er zu seinem Kollegen.

Mit einem Kugelschreiber, auf dem das Wappen der Organisation gedruckt ist, notiert er sich wahrscheinlich die von Finn übermittelten Werte auf dem blauen Latexhandschuh.

»Bitte einmal die Blutdruckmanschette.« Seine Aussagen waren direkt und sicher. Ich fühle mich gerade sehr geborgen bei ihm, denn er weiß, was er tut.

»Finn.« Ganz sanft und leise bringe ich nun ein Wort heraus.

Ich habe gerade einfach keine Kraft und auch keine Lust mit jemandem zu reden. Mein Kopf dröhnt und der Pulsschlag in meinen Ohren erdrückt mich. Ich bin immer noch dabei, alles zu realisieren. Was ist vorhin passiert und warum?

Finn legt die Jacke, die auf mir liegt, beiseite und schiebt mein Jäckchen nach oben, um mir die Manschette um den rechten Oberarm zu legen. Er schiebt das Stethoskop unter die Manschette und beginnt zu pumpen. Es wird eng und brennt sogar ein bisschen.

»110/50.«

Wieder schreibt sein Kollege die Werte auf seinen Handschuh.

»Dein Blutdruck ist sehr schwach, Layla. Was hast du heute zu Mittag gegessen oder hast du überhaupt etwas gegessen?«, fragt er mich mit ernstem Blick auf meine Lippen fixiert.

»Ja«, sage ich. So langsam komme ich wieder zu mir. »Einen Toast.«

Ich versuche nur all jene Wörter zu sagen, die ich wirklich sagen muss. Ich fühle mich immer noch sehr schwach und hilflos. Ich beobachte seinen Kollegen dabei, wie er aus der Redaktion verschwindet. Was hat er denn jetzt vor?

Ich höre laute Geräusche, ein Schlagen und Einziehen. Sein Kollege kehrt wieder und dieses Mal hat er die Liege vom Rettungswagen dabei. Warum das denn? Ich werde es wohl schaffen, selbst rauszugehen.

Ich lehne mich nach oben und stütze mich auf meinen Handflächen ab. Das war wohl etwas zu ruckartig, denn plötzlich fängt das Karussell in mir von vorne an.

»Lass mich dir helfen, Layla.« Finn hebt mich hoch und lässt mich langsam, aber sicher in die kalte Liege fallen.

Im Rettungswagen bleibt Finn mit mir im hinteren Bereich. Er schaltet das große Gerät an der Seite ein und steckt mir eine weiße Kuppe über den Finger. Ich erschrecke kurz, als das Gerät rechts von mir anfängt zu piepsen. Der schrille Ton in meinen Ohren schmerzt und ich zucke zusammen. Finn drückt auf dem Bildschirm herum und schaltet den Ton auf stumm.

»Ist etwas vorgefallen, dass du zusammengebrochen bist? Oder kam das plötzlich? Bist du hingefallen oder wurde dir schlecht?«

Finn holt einen Zettel mit verschiedenfarbigen Kästchen aus der obersten Schublade des Wandschrankes und fängt an, darauf zu schreiben.

»Mir wurde schlecht. Es hat sich alles gedreht und dann wurde mir schwarz vor Augen.«

Das war jetzt mein erster normaler Satz seit einer halben Stunde. Mir geht es auch deutlich besser und ich fühle mich verhältnismäßig wieder gut.

»Weißt du, welchen Tag wir heute haben?«

»Dienstag. Finn, mir geht es wieder besser, wirklich.«

Finn sieht mich mit großen Augen an und sagt dann anschließend: »Du bist noch ganz weiß und wir fahren doch nur zur Kontrolle ins Krankenhaus. Versteh das doch bitte. Es muss doch einen Grund geben, warum du zusammengebrochen bist.«

»Was machen die dann im Krankenhaus mit mir?«

»Sie werden dich foltern«, sagt er mit einem Ernst, sodass ich es ihm fast schon abgekauft habe. Dann fängt er an zu grinsen und meint: »Layla, was denkst du denn, was sie mit dir machen? Sie werden dir wahrscheinlich Blut abnehmen und dich dann von oben bis unten durchchecken. Das ist halb so wild und tut kaum weh.«

Ich habe Panik vor Krankenhäusern, vielleicht sogar schon eine Phobie dagegen. Ich war nie viel in Krankenhäusern unterwegs. Gott sei Dank. Dennoch fürchte ich mich davor und bin der festen Überzeugung, dass sie mich bei lebendigem Leibe aufschneiden.

Finn füllt das Formular weiter konzentriert aus und wendet mir nur mehr selten einen Blick zu. Wahrscheinlich kontrolliert er dadurch, ob ich noch bei Bewusstsein oder schon weggetreten bin.

Im Krankenhaus holt mich Finn mit der Liege aus dem Rettungswagen und schiebt mich Richtung Notaufnahme, wo ich dann auch sogleich drangenommen werde.

»Patientin, 32 Jahre, ist zusammengebrochen und war laut Zeugenaussagen für ungefähr zwei Minuten bewusstlos. Ihr wurde schwarz vor Augen und sie ist dann mit dem Kopf …«, er zeigt auf meine Platzwunde, »… auf den Boden geknallt. Sie ist voll orientiert und kann sich noch an alles erinnern, bis auf das, was kurz davor passiert ist. Keine Vorerkrankungen, keine Allergien und keine Medikamente. Letzte Mahlzeit heute Mittag.«

»Perfekt, danke«, antwortet die Krankenschwester Finn.

Finn dreht sich zu mir. »Ich habe in vier Stunden Dienstschluss. Danach komme ich dich abholen, okay?«

Ohne dass ich irgendetwas darauf antworten kann, gibt er mir einen Kuss auf die Stirn und verschwindet durch die automatische Schiebetür nach draußen.

Die Krankenschwester sieht mich an und mustert mich von oben bis unten.

»Ist Ihnen immer noch schlecht?«, fragt sie mich und kommt erschreckend schnell auf mich zu.

»Nein, es geht schon besser«, sage ich und betrachte die ganze Gegend um mich herum.

Sie schiebt ein großes, hohes Gerät mit einem Monitor darauf zu mir und nimmt eine Manschette aus dem Körbchen, das sich unterhalb befindet. Es sieht aus wie ein Roboter, der aus der Zukunft kommen könnte. Sie legt mir wie Finn die Manschette an die rechte Hand und führt sie entlang meines Armes zum Ellenbogen nach oben. Sie verwendet kein Stethoskop wie Finn im Krankenwagen, sondern pumpt nur so die Luft in die Manschette.

»Ich werde Ihnen gleich etwas Blut abnehmen, damit wir es kontrollieren können. Sollte dieser Anfall von einer Krankheit stammen, werden wir es so herausfinden können. Ist das für Sie in Ordnung?«

»Muss das sein?«, erwidere ich mit frustrierter Stimme.

»Es ist nichts dabei. Machen Sie sich keine Sorgen, Frau Schwarz, Sie sind in den besten Händen hier. Wie gesagt, es dient nur zur Sicherheit und zur Kontrolle Ihrer Werte«, sagt sie mit sicherer und ruhiger Stimme.

»In Ordnung.«

Sie geht zum Wandschrank, der sich am anderen Ende des Raumes befindet und zieht eine Schublade heraus. Daraus holt sie eine Nadel, einen langen dünnen Schlauch und einen kleinen Behälter. Sie kommt auf mich zu und legt mir eine Art Gummiband streng um den Oberarm und sticht ohne viele Worte in meine herausstehende Vene.

Mir wird übel, wenn ich dem Blut dabei zusehe, wie es den kleinen Behälter füllt. Es vergehen Sekunden, die sich wie Minuten anfühlen, und der stechende Schmerz in meiner Ellenbeuge verschlechtert das Ganze.

»So, alles schon passiert«, sagt sie mit einer Begeisterung in der Stimme, »ich schicke es gleich ins Labor und wir haben in circa einem Tag das Ergebnis. Sie müssten noch einen Urin-Schnelltest machen, damit wir irgendwelche Anhaltspunkte haben, was es sein könnte.«

Sie gibt mir einen kleinen Behälter in die Hand und zeigt auf das Bad am Anfang des Einganges. Ohne etwas dazu zu sagen, begebe ich mich in Richtung Bad und komme mit einem vollen Behälter wieder zurück.

»Was kann ich jetzt in der Zwischenzeit machen? Darf ich nach Hause gehen?«, frage ich neugierig.

»Sie werden in der Zwischenzeit in ein Zimmer verlegt. Es könnte auch sein, dass sie die Nacht zur Kontrolle hier bleiben müssen, aber das entscheidet der diensthabende Arzt. Er wird dann zu Ihnen auf das Zimmer kommen, sobald die Ergebnisse des Urintests da sind. Okay?«, fragt sie mich.

Ich nicke.

Da ich der Meinung bin, dass mit mir alles in Ordnung ist, verunsichert mich dieser Vorschlag. Es war das erste Mal, dass es mir so schlecht ging und ich fühle mich wieder deutlich besser. So kann ich zumindest die Zeit absitzen, bis mich Finn holt.

Ein weiterer Pfleger kommt auf Aufruf der Krankenschwester in die Notaufnahme und hilft mir von der Liege auf den Stuhl.

»In welches Zimmer und in welches Abteil werde ich denn gebracht?«

Ich finde es immer sehr schwer, sich in diesen Krankenhäusern zurechtzufinden. Flure, die sich in das Unendliche hinausziehen und unzählige Abbiegungen, die sich in viele Räume aufteilen. Es fühlt sich so an, als würde man mich in Katakomben umherschieben, aber das Licht, das durch die Fenster scheint, bringt mich auf den Boden der Realität wieder zurück.

»Block B, 2. Stock, Zimmer 205«

»Dankeschön«, sage ich und lasse mich von ihm in das für mich vorgesehene Zimmer schieben.

Die Flure haben verschiedene Linien in allen möglichen Farben. Eine rote für die Augenheilkunde, eine blaue für die Dermatologie, eine gelbe für die Gynäkologie und eine grüne für die Neurologie. Es gibt noch jede Menge andere Farben, die ich allerdings nicht alle lesen und verstehen kann.

202, 203, 204 und 205. Da sind wir.

Im Zimmer ist es sehr kühl. Das Fenster war bis zu diesem Zeitpunkt offen und der Pfleger schließt es nun.

Manu. Der Pfleger heißt Manu. Ich konnte sein Namensschild lesen. Er scheint ein netter, junger Mann zu sein und er müsste gerade erst die Ausbildung abgeschlossen haben. Ich kann erst jetzt erkennen, wie jung er eigentlich ist. Er müsste um die 25 Jahre sein und sieht durchtrainiert aus. Seine Haare sind sehr lang und hellblond. Er hat Dreadlocks und ich kann sogar ein, zwei kleine Perlen als Schmuck darin sehen.

»Bitteschön, Frau …«

»Nein, bitte nenn mich Layla«, unterbreche ich ihn.

»Ist gut, Layla«, lächelt er und ich lächle zurück.

»Darf ich dir auf das Bett helfen oder schaffst du das allein?«, fragt er mich musternd.

»Ich denke, ich bekomme das schon allein hin, danke Manu.«

Er verlässt ohne ein weiteres Wort das Zimmer. Ich lege mich auf das harte, kalte Krankenhausbett, das ich so sehr verabscheue, und begutachte den Raum. Warum hasse ich eigentlich diese Krankenhauszimmer? Hier sieht es doch nett aus. Weiße Wände, an denen ein Fernseher vor meiner Nase hängt, und eine Blume in der Ecke, die mal wieder gegossen werden müsste.

Ich nehme mein Handy aus der Jackentasche, öffne unseren Chat und schreibe Finn eine Nachricht:

Hey Finn, ich bin im 2. Stock, Zimmer 205. Die Farbe der Linie ist braun. Ich konnte leider nicht sehen, wie die Abteilung heißt. Bitte melde dich bei mir, sobald du Zeit hast.
Ich liebe dich. Deine Layla.

Ich lege das Handy beiseite und stöhne: »Sooooo. Und jetzt?« Ich starre an die Decke und bemerke einen großen dunklen Fleck darauf. Was das wohl sein wird? Ich schwenke meinen Kopf nach links und nach rechts und dabei fällt mir erneut die Blume in die Augen.

»Gut, dann gieße ich dich eben in der Zwischenzeit.« Ich steige von dem viel zu hohen Bett und gehe ins Badezimmer. »Nicht einmal ein Glas existiert hier«, sage ich genervt.

Ich fülle meine Hände mit Wasser und bewege mich auf die Pflanze zu. Als ich einen kleinen Blick nach hinten wage, sehe ich, dass ich dabei eine Wassertropfenspur hinterlassen habe. Diese erstreckt sich vom Badezimmer über das ganze Zimmer.

Nachdem ich nicht nur die Pflanze, sondern auch das halbe Zimmer gegossen habe, nehme ich ein Stück Klopapierrolle, um wieder Ordnung zu schaffen. Es soll sich hier ja niemand verletzen.

Es klopft an der Tür. Obwohl ich kein Wort sage, öffnet sie sich und ein Herr im weißen Kittel steht nun vor mir.

»Guten Nachmittag, Frau Schwarz, wie geht es Ihnen? Ich bin Dr. Müller, der diensthabende Arzt.«

»Guten Tag, Dr. Müller. Mir geht es sehr gut, danke der Nachfrage.«

»Schön, das freut mich«, sagt er und richtet seinen Blick auf das Klemmbrett, das er in seiner Hand hält.

»Ihre Werte befinden sich alle im normalen Bereich. Haben Sie in letzter Zeit versucht schwanger zu werden?«

Er grinst.

Ich nicht.

»Wie bitte?«, frage ich ihn erschrocken.

»Ja. Die Werte sind in Ordnung. Was man vermuten könnte, wäre eine Schwangerschaft in einem frühen Stadium. Ist Ihnen in der letzten Zeit öfters schlecht gewesen?«, fragt er mich zuversichtlich. »Ich meine nur, Sie könnten es in Erwägung ziehen und ansonsten sehen wir morgen weiter mit den Werten der Bluttests.«

»Nein, ich hatte keine Morgenübelkeit oder sonstige Beschwerden. Also ja, wir verhüten nicht mehr, aber darauf wäre ich nie gekommen. Darf ich denn heute noch nach Hause?«

»In Anbetracht der derzeitigen Situation dürfen Sie mit ruhigem Gewissen nach Hause. Wir werden uns morgen mit Ihnen in Verbindung setzen, sobald die Ergebnisse der Bluttests da sind.«

»Dankeschön, Herr Doktor.«

Er dreht sich um und verschwindet wieder durch die Zimmertür nach draußen. Das ist toll, dass ich jetzt nach Hause gehen kann. Aber was bedeutet das dann jetzt, wenn ich schwanger sein sollte?

Es klopft erneut. Erschrocken sehe ich um mich und realisiere, dass es von der Tür kommt.

»Herein!«

Die Tür öffnet sich noch einmal und Finn steht darin. Er kommt herein und gibt mir einen Kuss auf die Stirn.

»Layla, wie geht es dir?«

»Gut, danke. Was machst du schon hier?«

»Ist das jetzt die feine Art, den eigenen Freund zu begrüßen?«, fragt er verdutzt.

»Nein, tut mir leid, Finn. Ich habe nicht mit dir gerechnet. Ich dachte, du musst noch drei Stunden arbeiten.«

»Ich habe mir frei genommen, da ich kurzfristig eine Ablöse gefunden habe, die früher für mich einspringen konnte. Wenn das genehm ist.«

»Natürlich, das freut mich.«, sage ich.

»Was hat der Arzt gesagt?«, fragt er mich neugierig. »ich habe ihn gerade vorhin auf dem Flur getroffen.«

»Ich bin soweit in Ordnung, hat er gemeint. Ich müsste aber noch kurz in die Apotheke. Können wir dort bitte halten?«, frage ich ihn.

Ich will ihm noch nicht sagen, dass es vielleicht sein könnte, dass ich schwanger bin. Erst wenn es schwarz auf weiß steht, werde ich ihm Bescheid geben. So halte ich es für richtig und so mache ich es auch.

»Natürlich, Layla. Brauchst du denn Medikamente? Hat er dir etwas verschrieben?«

»Ich musste einen Bluttest machen und die Ergebnisse erfahre ich morgen im Laufe des Tages. Zusätzlich musste ich auch noch einen Urin-Schnelltest abgeben, um zu sehen, ob sonst etwas mit mir sein könnte. Alle Werte sind im Normalbereich und es ist alles in Ordnung.«

Mit dieser Aussage versuche ich etwas davon abzulenken, was ich wirklich in der Apotheke vorhabe, und es gelingt mir auch.

»Das hört sich doch fürs Erste super an«, sagt er begeistert. »Komm, lass uns fahren.«

Ich packe meine sieben Sachen und folge Finn nach draußen. Raus aus diesem Betonklotz, raus aus diesem Gefängnis.

ACHT

DIENSTAGABEND

Finn stellt das Auto ab und steigt aus. Ich starre in die leere Straße, die mittlerweile dunkel geworden ist. Es ist eine sternenklare Nacht und unser Meteorologe der Redaktion hat heute Vormittag vorhergesagt, dass in dieser Nacht sehr viele Sternschnuppen vom Himmel fallen würden. Der Himmel sieht so schön klar aus und es ist keine Wolke zu sehen.

Ich liebe es, den Sternenhimmel dabei zu beobachten, wie er sich Schritt für Schritt dreht, wie sich Schritt für Schritt die Sternbilder am Himmel bilden und wieder verschwinden. Dieser kommt besonders gut durch die dunkle Straße zur Geltung. Zudem ist es sehr beruhigend, ihn zu beobachten.

Meine Mama hat immer gesagt, ich hätte den Beruf verfehlt. Als ich klein war, klebte ich vier DIN-A4-Blätter zusammen und setzte mich hinaus auf die Terrasse unseres Hofes, legte die Blätter auf den Tisch und begann, das Sternbild abzuzeichnen. Ich saß oft stundenlang dabei und es war kein Ende in Sicht.

Ich habe mich im Sternenhimmel immer wieder verloren und dabei die Zeit vergessen.

Die Tür der Beifahrerseite öffnet sich und ich schrecke auf.

»Hast du vor, heute noch mit reinzukommen?«, fragt er mich verwundert.

»Ja, ich komme gleich nach. Versprochen!«

Er geht nach drinnen und wirft noch einen letzten fragwürdigen Blick zu mir. Ich zücke mein Handy und suche Noahs Nummer heraus.

»Noah?« Ach Mist, die Mailbox.

Ich sehe in meine kleine Tüte, die ich von der Apotheke bekommen habe. Soll ich den Test jetzt machen oder nicht? Soll ich Finn etwas davon erzählen oder nicht? Ich schwanke hin und her, zwischen Sagen und Schweigen. Was, wenn ich ihm falsche Hoffnungen mache, womöglich am Ende nicht mal schwanger bin?

Ich löse mich vom Sicherheitsgurt und gehe durch die bereits offen stehende Autotür. Das kleine Täschchen habe ich in meine Handtasche gegeben und überlege mir für drinnen weitere Schnitte. An der angelehnten Haustür angekommen, bleibe ich kurz stehen, atme tief ein und wieder aus und öffne die Tür.

»Was ist los, Layla? Steckst du in Schwierigkeiten?«, fragt er mich, bereits im Flur wartend.

»Nein, es ist nichts, wirklich nichts. Es ist alles in Ordnung, Finn«, sage ich zu ihm und gebe ihm einen Kuss auf die Wange.

Er schüttelt den Kopf und lässt sich auf die Couch fallen. Ich hole meinen Laptop aus dem Glaskasten und suche Informationen über die Leiche, die gefunden worden ist.

In die Suchleiste tippe ich *künstliche Konservierung* ein und warte gespannt auf die Ergebnisse, die mir *WOO-DOO* liefert.

Leichenkonservierung
Konservierungsmittel
Konservierung von Leichen

Leichenkonservierung [...] Sammelbegriff [...] Haltbarkeits-machung von Überresten [...] menschlicher Körper für eine möglichst lange Zeit

Mir läuft es eiskalt den Rücken runter. Wer will denn eine Leiche so lange verschwinden lassen und dann auch noch konservieren? Das ist doch krank. Wer denkt sich denn so einen Schwachsinn aus?

»Layla?«, fragt er mich verunsichert, »was machst du da?«

»Ich informiere mich nur. Du weißt doch, dass wir heute die Leiche von John Wagner gefunden haben«

»Wir?«, fragt er mit einer hochgezogenen Augen-braue.

»Naja, nein. Besser gesagt, eine Passantin hat sie gefunden, aber wir waren die ersten Reporter vor Ort.«

»Du warst heute also in Baumhausen? Warum hast du das nie erwähnt?«, fragt er skeptisch.

»Es ist heute einfach zu viel passiert, es tut mir leid, Finn.«

Ich senke meinen Kopf und merke, wie mich lang-sam Schuldgefühle überkommen. Sei es wegen der heu-tigen Leiche oder wegen des Schwangerschaftstests. Wir sagen uns doch sonst immer alles.

Dass ich plötzlich solche Geheimnisse vor ihm habe, zerfrisst mich im Inneren langsam, aber sicher auf.

»Kennst du dich mit Leichenkonservierung aus?«, frage ich ihn mit vorsichtiger Stimme.

»Weshalb? War die Leiche konserviert?«

»Ja, sie ist für den Umstand, dass sie vier Jahre lang irgendwo gelegen ist, ziemlich gut erhalten.«

»Ich weiß nur, dass es drei Verfahren gibt. Einmal wäre das die Mumifizierung, die kennst du doch bestimmt auch, oder?«

Ich nicke.

»Aber eine Mumie war es nicht«, erwidere ich.

»Die Mumifikation ist ein natürlich ablaufender Prozess für eine langfristige Leichenkonservierung. Und dann gibt es da noch die Einbalsamierung. Dieses Verfahren wird künstlich herbeigeführt. Mehr weiß ich darüber leider auch nicht.«

In WOODOO finde ich einen Artikel, der interessant zu sein scheint. Ich lese ihn laut vor:

»Natürliche und künstliche Konservierung

Der offensichtliche Unterschied zwischen der natürlichen Konservierung von Leichen und der künstlichen Konservierung von Leichen ist nicht unproblematisch, denn seit der Antike werden die Toten bewusst an Orten mit bekannter antiseptischer Wirkung bestattet, um die Leichen so lange wie möglich zu konservieren. […]

Seit der Entdeckung der natürlichen Erhaltung dieser Ruhestätte im 16. Jahrhundert hat die Zahl der Gräber stetig zugenommen. Um der steigenden Zahl der Toten zu begegnen, verließen sich die Mönche des Kapuzinerklosters in Palermo bald nicht mehr allein auf die natürlichen Erhaltungseigenschaften der Grabstätte, sondern verwendeten künstliche Mittel, um die Leiche zu konservieren. Diese reichen vom Bestäuben des Leichnams mit Calciumcarbonat (Kreide, Kalk, Kalkmilch) bis zur Behandlung mit Arsenik. Auf diese Weise werden die natürlichen Bedingungen zur Konservierung von Leichen mit verschiedenen künstlichen Methoden kombiniert, die von Menschenhand entwickelt wurden.«

Ich halte kurz inne und wende meinen Blick zu Finn, der mich weiterhin unbeeindruckt ansieht.

»Es muss also irgendeinen Ort in Baumhausen geben, der dafür vorbereitet und genutzt wurde?«, frage ich ihn neugierig.

»Ich kann dir dabei leider nicht weiterhelfen, Layla. Es könnte einen Ort geben, ja, da gebe ich dir recht. Du könntest dich jedoch bloß in irgendetwas verrennen – wie in den meisten Fällen.«

Ich tue so, als hätte ich den letzten Teil des Satzes überhört und richte meinen Blick wieder auf den Bildschirm. Ich scrolle etwas nach unten und beginne wieder vorzulesen:

»Unter den rein künstlichen Methoden zur Konservierung von Leichen dürften die altägyptischen Mumifizierungstechniken heute die bekanntesten sein. Aus religiösen Gründen soll der Leichnam des Verstorbenen auch nach der Bestattung möglichst dauerhaft erhalten bleiben, damit die Seele den Leichnam auch nach dem Tod wiedererkennen kann. Dabei wird die Leiche mit einer

Mischung aus Harz und ätherischem Öl (Balsam) behandelt, die den natürlichen Zersetzungsprozess verlangsamen kann, aber selbst keine dauerhafte Konservierung darstellt.«

Finn sieht mich mit skeptischem Blick an und meint: »Hattest du heute denn nicht schon genug Aufregung?«

Ich sehe ihn mit einem großen Fragezeichen im Gesicht an.

»Du bist doch sonst immer so verständnisvoll. Du kennst mich doch. Wenn ich an etwas dran bin, muss ich es auch herausfinden, damit ich Ruhe finde.«

»Ja, ich *kenne* dich«, betont er, »und es wird enden wie vor zwei Jahren. Kannst du dich noch daran erinnern? Du suchst und suchst und hängst dich wieder in etwas rein, was sich dann in Luft auflöst.«

»Ja!«, antworte ich schnippisch. »Aber dieses Jahr ist es etwas anderes. Wir haben eine Leiche.«

»Ihr?«, fragt er mit hochgezogenen Augenbrauen.

»Ja, wir.«

»Dann ist ja gut«, sagt er ernst, erhebt sich von der Couch und begibt sich zur Treppe. Dabei murmelt er noch etwas, das ich nicht hundertprozentig identifizieren kann, aber das ist mir gerade echt egal.

Was wäre denn, wenn John wirklich mumifiziert und dann wieder entmumifiziert wurde? Es muss doch irgendetwas Auffälliges an der Leiche zu sehen sein, oder nicht? Irgendein Anhaltspunkt? Noahs Vater hat uns noch nicht alles gesagt, das weiß ich. Dann müssen wir eben abwarten, bis der Pressesprecher der Mordermittlung etwas preisgibt. Das könnte Tage dauern und diese Zeit habe ich nicht.

Mein Blick fällt auf meine offene Handtasche, in der der Schwangerschaftstest liegt und heraussticht. Soll ich ihn gleich machen oder abwarten? Will ich die Gewissheit oder nicht? Die Entscheidung fällt mir schwer. Es könnte die ganze Situation verändern und alles schlechter oder besser machen.

Also nehme ich meine Tasche und sperre mich im Bad ein.

Es ist die beste Option, die ich momentan habe. Dazu habe ich mich entschlossen, als ich ihn gekauft habe. Finn und ich versuchen erst seit kurzer Zeit schwanger zu werden und wenn es jetzt schon geklappt hätte, wäre das wunderbar. Ich kann mir nur noch nicht vorstellen, ein Kind in dieser kaputten Welt großzuziehen, aber das denke ich, ist anfangs normal, oder nicht?

Ich setze mich auf den geschlossenen Klodeckel und öffne die Verpackung. Dann ziehe ich den Schwangerschaftstest und die Gebrauchsanweisung heraus und beginne sorgfältig zu lesen.

Es ist der erste Test, den ich mache, und ich bin ziemlich aufgeregt. Mit zitternden Händen sitze ich da und kann es immer noch nicht glauben, was ich gleich tun werde. Ich öffne vorsichtig die Kappe des Tests und behandle ihn, als wäre er ein rohes Ei. Meine Aufregung steht mir wahrscheinlich ins Gesicht geschrieben und ich kann spüren, wie mein Herz mit jeder Minute mehr anfängt zu rasen.

»Jetzt drei Minuten warten«, flüstere ich mir zu.

Diese drei Minuten fühlen sich wie eine Ewigkeit an und sie scheinen nicht zu enden.

Mit dem Ergebnis in der Hand gehe ich hoch zu Finn. Oben angekommen merke ich, dass er mich bereits erwartet. Er fixiert und begutachtet mich von oben bis unten. Finn liegt halbnackt in unserem Bett und scheint etwas nervös zu sein, als er den Test in meiner rechten Hand sieht.

»Finn«, sage ich und atme tief ein.

Er sieht mich verzweifelt an und sagt dann anschließend: »Es tut mir leid. Ich wollte dir nicht so in den Rücken fallen.«

Ohne auf seine Entschuldigung einzugehen, knüpfe ich an meinen Satz von vorhin an. »Finn, ich muss dir etwas sagen.«

Ich stocke und zeige auf den Schwangerschaftstest, den er schon gesehen hat. Er setzt sich auf und sieht mich mit funkelnden Augen an. Aus seinem ernsten Blick wird jetzt ein Lächeln. Finn lächelt mich an und kann es kaum erwarten, was ich jetzt sagen werde. Das sehe ich ihm an, denn er faltet zum ersten Mal seine Hände und es sieht so aus, als würde er beten.

»Du bist schwanger?«, fragt er ganz aufgeregt, als wäre er ein kleines Kind, das auf eine Überraschung wartet.

Lange will ich ihn nicht mehr auf die Folter spannen und platze mit der Neuigkeit einfach heraus: »Ja, ich bin schwanger.«

V

Die Scheinwerfer des Autos sind erloschen und du sitzt allein im Wagen. Was siehst du in den Sternen, Layla? Siehst du eine Sternschnuppe? Möchtest du dir etwas wünschen? Was würdest du dir wünschen, wenn du könntest? Dass alles besser wird oder dass alles ein Ende hat?

Denkst du, dass, wenn du es dir wünschen würdest, alles vorbei wäre? Wäre es dann nicht langweilig? Also, ich finde es sehr amüsant, dir dabei zuzusehen, wie du versuchst, alles in den Griff zu bekommen und dann immer wieder kläglich daran scheiterst.

Sag mir, Layla, wie schnell könntest du jetzt rennen? Du bist schwach, hast Probleme beim Atmen. Dir wird alles sofort zu viel. Würdest du mir entkommen? Oder wärst du mein?

Er ist gerade nicht bei dir, aber ich bin da. Layla, ich bin immer bei dir, weißt du das? Denkst du, dass er sich wirklich für dich interessiert? Oder wäre es ihm egal, wenn dir etwas zustoßen würde?

An was denkst du gerade, kleine Layla? An damals? Wie du die Sterne stundenlang abgemalt hast? Jeden einzelnen Punkt hast du so präzise gezeichnet, dass es ein Foto hätte sein können. Und wofür? Damit es im Müll landet. Traurig, wie du dich darin verloren hast, findest du nicht auch?

Sag mir, Layla, wünschst du dir, dass du wieder ein Kind wärst? Als Kind hatte niemand Probleme, kleine Layla. Als Kind war die Welt noch in Ordnung. Layla, pass auf dich auf. Wenn du dich wieder verlierst, werde ich dich holen kommen!

NEUN

MITTWOCHMORGEN

Im Büro ist Chaos ausgebrochen. Alle bewegen sich sehr rasch, unkontrolliert und grüßen nicht. Diese Unruhe beunruhigt mich immer mehr. Ich würde am liebsten wieder nach Hause gehen, mich in mein Bett zu Finn legen und mich dort einkuscheln.

»Layla? Was machst du denn hier? Ich dachte, du hättest Bettruhe verordnet bekommen?«, fragt mich Noah verunsichert.

»Ich kann doch nicht ausgerechnet heute zu Hause bleiben. Das muss dir doch bewusst sein, Noah, oder?«, antworte ich Noah sicher und mit einer überzeugenden Stimme.

»Okay, komm mit in mein Büro, wir haben Neuigkeiten«, sagt er aufgeregt und entschlossen.

Ich kann das Aftershave von Jonas riechen. Ob er wohl gerade wieder hinter mir steht? Ich drehe mich vorsichtig um und kann ihn vor der Holztreppe im oberen Stock erblicken.

Wie ein Löwe, der sein Königreich bewachen müsste, schaut er überheblich nach unten und herabwertend zu mir.

Ich bleibe kurz stehen und er bemerkt meinen widerlichen Blick ihm gegenüber. Dabei dreht er sich zum dunklen Flur und verschwindet darin.

»Layla?«, zischt Noah in seiner Tür stehend, »kommst du?«

Er verhält sich so, als wären wir in einer Geheimorganisation. Alle anderen im Büro sind darauf aufmerksam geworden und ihre Blicke verfolgen mich nun auf Schritt und Tritt.

»Ich komme gleich, ich muss noch etwas erledigen«, flüstere ich ihm zu.

Ich nehme meinen ganzen Mut zusammen und bewege mich zur Treppe. Ihr Holz ist exakt gleich dunkel und erdrückend wie das von der Tür zu Jonas Büro. Ich gehe die Holztreppe zum Büro von Jonas hoch. Meine Augen sind nach oben gerichtet und das Atmen fällt mir mit jeder Stufe zunehmend schwerer.

Ich kann mir denken, dass so ziemlich jeder hier mitbekommen hat, welche Absichten Jonas hat und ich hoffe wirklich stark, dass ich das einzige Opfer von diesem sexistischen Menschen war. Ja, die Betonung liegt auf *war*, denn das lasse ich mir nicht mehr gefallen. Es reicht.

Innerlich koche ich bereits vor Wut. Sein Blick war zu viel und das soll er zu spüren bekommen. Anfangs war es ja noch harmlos, aber jetzt geht er zu weit.

Ich drehe mich nochmals zu Noah um, der mich mit einem großen *Lass-es-Blick* ansieht, also weiß er wahrscheinlich nur zu gut, was ich jetzt vorhabe.

Seine Blicke sind fragend. Sie signalisieren mir, dass ich mir wirklich sicher bin. Ja, das bin ich.

Ich gehe mit erhobenem Kopf und sicheren Schritten zur schwarzen, schweren Holztür und will gerade klopfen, als Noah mich ruft.

»Layla! Der Pressesprecher tritt in zehn Minuten auf. Wir sollten gehen.«

Verdammt! Ich war so nahe dran, aber es sollte heute vermutlich noch nicht sein. Na gut.

»Ja, ich komme, Noah.« Meine Stimme wird laut. Jonas müsste sie bestimmt gehört haben und daraus schließen, dass ich da war.

»Ich hoffe, wir bekommen bessere Hinweise als die, die wir gestern hatten«, murmele ich vor mir hin, während ich auf Noah zugehe.

Noah sieht mich prüfend an.

»Wo tritt er denn auf?«, frage ich Noah mit ernster Stimme.

»Vor dem Rathaus. Zu Fuß sind wir in fünf Minuten da. Möchtest du den Wagen nehmen?«, fragt er mich.

»Nein, zu Fuß. Etwas frische Luft wird mir gerade ziemlich gut tun«, erwidere ich.

Kaum durch die Redaktionstür draußen angekommen, fragt er mich ganz verwundert: »Was hattest du denn bitte gerade vor?«

»Ach«, antworte ich, »nur das, was ich schon früher hätte tun sollen.«

»Das finde ich toll, aber du solltest auch beachten, dass dich das Kopf und Kragen kosten wird. Überlasse das doch lieber der Polizei. Erzähl ihnen, was er mit dir macht, dann regeln sie das und er wird sicherlich fristlos entlassen. Wer weiß, vielleicht wirst du dann die neue Vorgesetzte«, zwinkert er mir zu. »Verdient hättest du es«, fügt er noch hinzu.

»Ich werde es mir überlegen«, antworte ich, diesmal recht kühl.

Am Rathausplatz stehen mindestens zehn weitere Journalisten herum. Alle warten auf diesen einen Menschen, der uns hoffentlich aufklären kann.

Noah zückt die Kamera, als der Pressesprecher aus dem Rathaus kommt. Er ist unter dem Blitzlicht fast gar nicht mehr zu erkennen und als er zum Mikrofon geht, lässt dieses plötzlich und schlagartig nach. Nur noch einzelne knipsen ein Foto, aber die Mehrheit zückt ihren Block, Stift und wieder andere das Diktiergerät.

»Guten Morgen, meine Damen und Herren!«, beginnt er. »Mein Name ist Roland Hilber und ich bin der Pressesprecher der derzeitigen Mordermittlung im Falle John Wagner«, fährt er fort. »Wie Sie vielleicht alle schon mitbekommen haben, handelt es sich bei der gefundenen Leiche am Hausener Teich um John Wagner, der seit sechs Jahren als vermisst gemeldet ist. Wie bereits schon angekündigt, wurde die Vermutung, dass er durch einen Schlag am Kopf getötet worden ist, bestätigt.«

Er hält kurz inne und blickt in die Runde.

»Der Todeszeitpunkt weicht jedoch von den bisherigen Daten ab. Herr Wagner wurde in einem Zeitraum von vor ein oder zwei Jahren getötet. Die Fragen der Mordkommission sind: Wer hat Verdächtiges bemerkt? Wo war er in den ersten zwei Jahren und vor seinem Tod untergebracht? Hat jemand in Baumhausen etwas Auffälliges gesehen?«

Die Blitze der Kameras werden nun wieder stärker. Wer hätte das vermutet, dass er noch vor circa zwei Jahren gelebt hat? Ich sehe in die Runde und bemerke, dass alle sichtlich überrascht sind, auch Noah. Er starrt den Pressesprecher an und mustert ihn.

»Gab es Auffälligkeiten an der Leiche?«, schreit ein Journalist aus der Menge links von mir und hält ihm das Diktiergerät vor die Nase.

»Die Leiche wurde sehr gut konserviert. Vermutlich wurde er in einer Grotte festgehalten und dort umgebracht. Ein Suchtrupp mit Suchhunden ist bereits auf dem Weg nach Baumhausen, um die Wälder abermals auf Verstecke abzusuchen. Dieses Mal halten sie aber gezielt Ausschau nach Höhlen und Einbuchtungen in den Bergen.«

Er atmet tief ein. Es kommt mir so vor, als falle ihm der nächste Satz besonders schwer. »Es besteht die Möglichkeit, dass der kleine Paul Schulz noch irgendwo da draußen am Leben ist.«

»Hat die Polizei bereits Anhaltspunkte, wer der Mörder sein könnte?«, fragt ein weiterer Journalist rechts von mir.

»Wir haben dieses rote Tuch bei der Leiche entdeckt«, fährt er fort.

Er hält eine Tüte mit einem kirschroten Tuch in die Luft. Noah zückt sofort die Kamera, um ein perfektes Foto zu knipsen und wieder verschwindet der Pressesprecher hinter dem Blitzlicht, bis er das Beweismaterial nach unten legt.

»Die Fragen der Mordkommission sind also die folgende: Wer kennt dieses Tuch? Hat es schon irgendjemand gesehen? Kann es jemand einer Person zuordnen?«

»Herr Hilber, gab es weitere Auffälligkeiten an der Leiche oder ist alles Weitere geklärt?«, schießt Noah neben mir heraus.

»Auffällig war, dass jemand Herrn Wagner den Mund zugenäht hat. Wir vermuten, dass es sich noch vor dem Todeszeitpunkt ereignet haben musste. Bedeutet, jemand hat ihm den Mund noch bei Lebzeiten zugenäht. Bei vollem Bewusstsein.«

Wieder Blitzlicht.

Der Mann zu seiner Rechten gibt ihm ein Zeichen, dass er abbrechen soll.

»Herr Hilber, gibt es Vermutungen, wer es sein könnte?«, schreit ein anderer.

»Herr Hilber, Vermutungen, warum man das gemacht hat?«, wirft wieder ein anderer ein.

»Wem gehört das rote Tuch? DNA nachweisbar?«

Herr Hilber dreht sich zur Eisentür, aus der er gekommen ist und verschwindet darin im Blitzlicht mit vier weiteren dunkel gekleideten Männern.

»Komm Layla, lass uns gehen«, sagt Noah zu mir und legt dabei eine Hand auf meine Schulter.

Ich bin fassungslos. Welchen Grund hätte man gehabt, John noch zwei weitere Jahre am Leben erhalten zu haben. Und ... und warum sollte jemand ihm den Mund zunähen, als er noch gelebt hatte? Warum wollte ihn jemand zum Schweigen bringen? Warum hat jemand ihn so brutal gefoltert? Was hat das alles für einen Sinn gehabt?

»Ich weiß gerade nicht, wo mir der Kopf steht, Noah.«

»Verständlich«, sagt er, »aber unsere Aufgabe ist es jetzt, der Öffentlichkeit Fakten mitzuteilen, damit alle Gewissheit haben. Womöglich erkennt jemand dieses rote Tuch und kann es jemandem zuordnen. Vielleicht muss heute Abend niemand sterben und vielleicht haben wir dann schon den Verdächtigen, bevor alles beginnen sollte?«

Ich blicke zu Noah und merke das erste Mal, dass er sich wirklich für die Sache hier interessiert. Alle weiteren Journalisten sind bereits gegangen, vermutlich um den Bericht zu verfassen. Und wir? Wir stehen hier immer noch vor dem leeren Rathausplatz, um erst mal mit der gesamten Situation zurechtzukommen. Es wird passieren. Ich kann es spüren. Es wird heute etwas geschehen. Wir sind zu spät dran und kommen kaum mehr hinterher.

»Hey Noah!«

Blitzartig fällt mir wieder ein, dass ich gestern ergebnislos versucht habe ihn zu erreichen. »Warum hast du mich gestern eigentlich nicht mehr zurückgerufen?«

Noah wirft einen Blick auf den Boden. Dabei sieht er sehr nachdenklich aus. Womöglich kommt jetzt eine Ausrede. Womöglich hatte er gestern Frauenbesuch. Womöglich hat er mich einfach nur vergessen. Womöglich bin ich ihm egal. Womöglich …

»Wir müssen arbeiten, Layla. Wir haben keine Zeit für private Sachen. Wir sollten zurück in die Redaktion.«

Verdächtig. Welche Frau wird bald an seiner Seite stehen? Sara? Ich muss schmunzeln und schüttle dabei den Kopf. »Schwachsinn!«

»Lay, was ist los?«

»Lay?« Ich blicke erschrocken zu Noah, der mich noch nicht mal ansehen kann.

Nur eine Person nennt mich Lay und das ist Sara.

V I

Weißt du, Layla, wir Menschen sind Gewohnheitstiere. Auch du. Jeden Tag greifst du zur selben Jacke. Jeden Tag gehst du zur gleichen Zeit aus dem Haus. Nur heute bist du etwas spät dran gewesen. Aber das macht nichts, Layla, denn ich werde auf dich warten.

Hörst du mich, Layla?

Heute gefällst du mir besonders, kleine Layla. Du siehst heute sehr nuttig aus. Was hast du heute mit dir gemacht? Der schwarze Lederrock ist ja noch kürzer als dein gepunktetes Kleidchen von gestern und mit den kleinen Absätzen siehst du irgendwie aus, als würdest du dich unterwerfen. Stimmt es denn nicht, meine Kleine?

Kannst du spüren, wie ich dich immer wieder auf Schritt und Tritt verfolge? Was würdest du dazu sagen oder würde es dir sogar gefallen?

Hat es dich erstaunt, wozu ich fähig bin, Lay? Dir waren es doch am Anfang zu wenig Informationen und jetzt sind sie dir zu viel? Lay, was soll ich noch für dich machen, damit du mich siehst? Damit du zufrieden bist mit dem, was ich alles für dich mache.

Wie viele Kaffees hast du heute schon getrunken? Du bist nervös und versuchst, dies mit dem frisch aufgetragenen Lippenstift zu verdecken, nicht wahr?

Er ist heute röter als sonst. Hast du dir einen neuen Lippenstift gekauft? Oder hast du dir die Zeit genommen, damit du deinen alten Lippenstift deckender auftragen kannst? Warst du deshalb so spät?

Was siehst du links und rechts von dir? Kollegen und Kolleginnen, nicht wahr? Was würdest du sagen, wenn der Mörder dieses Mannes direkt hinter dir stehen würde und du den eiskalten Atem im Nacken spüren könntest? Würde es dich anmachen oder würdest du wegrennen?

Oder was wäre, wenn du mir heute Morgen noch ins Gesicht gelacht hättest? Du weißt nicht, dass ich es bin, aber was würdest du sagen, wenn du es wüsstest? Und was würdest du sagen, wenn ein guter Freund von dir zu so etwas fähig ist? Würde es dich verletzen?

Layla, du kennst mich gut, aber ich kenne dich besser. Du siehst mich immer wieder und weißt dennoch nicht, wer ich bin und wie ich mich fühle, oder Layla?

Lay? Warum magst du den Namen eigentlich nicht? Ich finde ihn schön. Er hört sich wie eine Lüge an, oder nicht?

ZEHN

MITTWOCHVORMITTAG

»Kannst du mir bitte die Kamera geben? Ich werde den Bericht schreiben«, teile ich Noah mit, sobald wir wieder in der Redaktion angekommen sind.

»Nein Layla. Ich werde heute den Bericht schreiben, wenn das für dich in Ordnung ist.«

»Okay, wie du meinst«, gebe ich ihm erschrocken zu verstehen.

Ich gehe in mein Büro und setze mich auf meinen Bürostuhl. Dann hole ich mein Notizbuch aus der Tasche und versuche, mein Gekritzel, das ich vorhin schnell reingeschrieben habe, zu identifizieren.

rotes Tuch

Mund zugenäht

seit zwei Jahren tot

leben lassen, warum?

Hat die Mordkommission denn nun endlich Anhaltspunkte, oder nicht? Wem gehört das rote Tuch?

Warum hat jemand ihm den Mund zugenäht und warum hat man ihn noch so lange leben lassen?

Mein Kopf explodiert gleich. Ich bin so hilflos in diesem Moment. Ich weiß einfach nicht mehr weiter. Hasst Noah mich? Wenn nicht, warum ist er so abweisend zu mir? Warum hat er mich vorhin Lay genannt? Woher kennt er diesen Namen? Doch nicht von Sara, oder? Hat er ihn bloß irgendwann einmal zufällig mitbekommen oder war es einfach nur Zufall? Ich weiß es nicht.

Aus meiner Tasche hole ich mir ein Schmerzmittel gegen die jetzt immer stärker werdenden Kopfschmerzen.

Die Wanduhr zeigt 11:30 Uhr an.

Vielleicht wollte jemand ihn zum Schweigen bringen? Vielleicht hat er jemandem Unrecht angetan? Nur wem? Wir kommen der Sache immer näher. Ich kann es fühlen.

Nervös schaue ich auf meine Pinnwand, an der das Foto von John Wagner hängt. Jemand hat es verunstaltet. Der Mund von John wurde mit einem schwarzen Stift im Zickzack übermalt. Als hätte jemand ihn auch hier zum Schweigen bringen wollen. Wer sollte so etwas in der Redaktion tun?

Mir läuft es eiskalt den Rücken herunter. Wer sollte denn in mein Büro gehen, um mir solche Hinweise zu geben? Bin ich in Gefahr? Was will *er* mir damit sagen?

Ich zucke zusammen, als ich plötzlich einen dumpfen Schlag an meiner Fensterfassade, die zur Straße zeigt, höre. Wer war das? Ich muss mich erst mal setzen und dann brauche ich einen Kaffee. Was ist hier gerade los?

Noah muss den Beitrag jetzt online gestellt haben.

Ich hole mein Handy aus meiner Hosentasche und öffne die App unserer Redaktion, *die Tageszeit*.

Die Überschrift ist irgendwie erdrückend, obwohl sie weder groß noch fett gedruckt noch sonst was ist. Ich scrolle weiter runter und sogleich sticht mir das kirschrote Tuch, das uns heute vor der Nase präsentiert worden ist, in die Augen. Wer würde denn so ein Tuch bei einer Leiche liegen lassen? Das ist doch Schwachsinn. Man könnte die DNA nachverfolgen, oder nicht? Vielleicht gibt es heute Nachmittag weitere Informationen.

Wer kennt dieses Tuch?

Dieses Tuch wurde gestern bei der Leiche von John Wagner gefunden. Kennt es jemand oder kann es irgendwer einer Person zuordnen?
Informationen oder Anhaltspunkte werden von der Stadtpolizei von Reimberg, Tel.-Nr. 0 03 95/4 11 oder jeder anderen Polizeidienststelle entgegengenommen.

Ein weiterer dumpfer Schlag, der jetzt von meiner Bürotür kommt. Ich drehe mich um und merke, dass Jonas gegen meine Tür klopft.

»Layla?« Jonas betritt mein Büro und fixiert seinen Blick auf meinen kurzen Lederrock. Er wendet ihn nicht ab, während er die Glastür zufallen lässt und einen Schritt näher kommt.

»Jonas. Kann ich Ihnen helfen?«

»Ich wollte Sie nur fragen, wie es Ihnen geht? Sind Sie schon fit, um wieder zu arbeiten?«, fragt er und ich kann fast etwas Besorgnis in seiner Stimme erkennen.

»Natürlich, mir ging es nie besser.«

»Wir treffen uns heute Nachmittag zu einer Sitzung bezüglich heute Abend. Die Polizei wird um 14 Uhr da sein. Ich hätte gerne, dass Sie und Noah dabei sind, wenn das in Ordnung für Sie ist.«

»Ja, kein Problem.«

Jonas verschwindet ohne ein weiteres Wort wieder durch meine Glastür und ich lehne mich in meinem Stuhl nach hinten. Der Geruch von Jonas Aftershave hängt im gesamten Büro in der Luft. Es ist so aggressiv, dass es schon fast in der Nase brennt.

Ich öffne mein Fenster sperrangelweit und suche ein Taschentuch in meiner Tasche, damit ich mir meine Nase putzen kann. Dabei fällt mir abermals das Foto von John ins Auge. Ich starre wieder darauf und beobachte, wie es verunstaltet worden ist. Warum sollte jemand so etwas machen?

Ich beschließe, zu Noah zu gehen und ihn auf die heutigen Geschehnisse anzusprechen. Warum war er heute so komisch? Er ist ja sonst immer so gefühllos, aber was ist denn heute anders als sonst?

»Noah?«

Noah spricht am Telefon mit irgendjemandem. Ich habe ihn wohl gerade bei irgendetwas gestört.

»Wir hören uns später«, flüstert er in das Mikrofon und knallt das Handy umgedreht auf seinen Tisch nieder.

»Was ist denn, Layla?«, fragt er mich etwas genervt, aber interessiert.

»Warum bist du heute so …, wie soll ich das sagen?« Ich halte kurz inne und er sieht mich mit hochgezogener Augenbraue an. »… so genervt von allem und jedem?«, frage ich ihn.

»Denkst du, dass du etwas falsch gemacht hast?«

»Das war meine Frage an dich. Es kommt mir so vor, als hätte ich mit meinen letzten Berichten den Bock abgeschossen. Warum wolltest du denn heute unbedingt den Bericht schreiben, von einer Sache, die dich ansonsten recht wenig interessiert?«

»Was willst du mir denn damit sagen?«, fragt er verklemmt.

»Das weißt du ganz genau, Noah. Wir kennen uns jetzt seit mittlerweile sechs Jahren. Ich merke doch, dass du sauer auf mich sein musst. Anders kann ich mir das nicht erklären.«

»Ich bin nicht sauer auf dich, Layla. Ich wollte einfach nur mal selbst die Zügel in die Hand nehmen. Ich habe gemerkt, dass es dir so viel bedeutet und dass du gestern einfach zusammengebrochen bist …«

Er fasst sich mit seinen Fingern an den Mund und es scheint so, als würde er die richtigen Worte suchen, sie aber nicht finden. Er lässt den Satz so im Raum stehen, ohne die Andeutung, diesen zu vollenden.

»Noah, ich bin kein rohes Ei und das weißt du. Es geht doch nicht um die Sache von gestern, oder?«, frage ich skeptisch.

»Ich meine doch nur, Layla. Du solltest dir vielleicht Urlaub nehmen. Es würde dir guttun. Einfach mal mit

Finn weg. Raus aus Reimberg, weg von Baumhausen, einfach mal abschalten und das am besten noch heute.«

»Noah, du weißt, dass wir heute Nachmittag eine Sitzung mit der Mordkommission haben, oder?«

»Er hat dich also gefragt«, fragt er jetzt mit einer etwas energischeren Stimme.

»Warum hätte er mich nicht fragen sollen? Was hast du zu Jonas gesagt?«

»Nichts, es tut mir leid, Layla. Ich wollte dich immer beschützen.«

»Beschützen? Du sperrst mich ein, schließt mich aus und das nennst du beschützen?« Eingeschnappt gehe ich zu Noah und hau mit meinen Handflächen auf den Tisch. »Noah, was ist los mit dir? Verdammt, ich erkenne dich nicht mehr wieder.«

»Du solltest dich nicht aufregen, Layla«, versucht er mich zu beruhigen.

»Noah, ich bin schwanger, nicht krank!«, brülle ich und bemerke, dass ich zu viel gesagt habe.

Ich nehme aus Reflex rasch meine Hände vor meinen Mund, als Noah mich mit heruntergefallener Kinnlade ansieht.

»Das ist doch wunderbar, Layla! Ihr habt euch doch so sehr ein Kind gewünscht, oder nicht?«

Ich nehme mir den Stuhl, der vor Noahs Schreibtisch steht, und setze mich darauf. Dann sage ich: »Ich bin zurzeit einfach überfordert mit allem.«

»Ich weiß, Layla. Ich weiß.«

Mein Telefon klingelt und mir fallen wieder schlagartig die Blutwerte ein. Aus dem Telefon hallt die Stimme des unbekannten Anrufers.

»Hallo Frau Schwarz, hier spricht Dr. Müller. Ich war Ihr diensthabender Arzt gestern Nachmittag«

»Hallo Dr. Müller, was gibt es Neues?«

»Erst mal möchte ich Ihnen sagen, dass in Ihrem Blut keine weiteren gefährlichen Substanzen oder sonstige alarmschlagende Hormone positiv waren. Jedoch haben Sie eine hohe Menge von *humanes Chorion Gonadotropin*, bekannt als *hCG*, das nachgewiesen werden konnte.«

Ich sehe Noah mit großen Augen an, denn ich verstehe nur Bahnhof.

»Und das jetzt nochmals auf Deutsch, bitte.«

»Wenn Sie den Schwangerschaftstest von gestern wie empfohlen gemacht haben, dann wissen Sie Bescheid. Herzlichen Glückwunsch Frau Schwarz, Sie sind schwanger.«

»Ja, ich habe den Test gemacht. Das sind tolle Neuigkeiten! Danke, dass Sie mich so schnell angerufen haben.«

»Das war dann auch schon alles. Ich wollte Sie nicht lange aufhalten. Auf Wiederhören.«

»Auf Wiederhören und danke nochmals.«

Ich lege auf und stecke das Handy wieder in meine Tasche.

»Wo gehst du heute essen?«, fragt mich Noah, während wir in Richtung Ausgang gehen.

»Ich treffe mich mit Sara im Sonnengarten. Was machst du?«

»Ich werde nach Hause fahren. Sehen wir uns dann heute Nachmittag?«

»Ja, bis später, Noah. Guten Appetit.«

#VII

*Layla? Du kannst mich hören. Ich habe gesehen, wie du zu-
sammengezuckt bist, stimmt's? Zusammengezuckt, nur wegen eines kleinen Kieselsteines, den ich dir gegen die Scheibe
geworfen habe. Ich denke, es wäre empfehlenswert, wenn du
dir Vorhänge aufhängst, denn jeder kann dich sehen. Alle sehen, wie du heute dieses Outfit angezogen hast. Diesen kurzen
und engen Rock und dein Top, das bis zu deinem Bauchnabel
ausgeschnitten ist.*

*Layla? Was willst du mit diesem Outfit bezwecken?
Merkst du denn nicht, wie er dich ansieht? Sein Blick, wie er
über deine Strumpfhosen bis hin zu deinem knappen Rock
wandert? Dieser Blick, der dich schon fast auszieht? Kannst
du ihn spüren, wie er dich anvisiert, als wärst du seine Trophäe?*

*Layla? Gefällt dir mein rotes Tuch? Du denkst vielleicht,
ich hätte es ohne Grund liegen lassen, oder? Layla, da muss
ich dich enttäuschen. Du wirst zu mir kommen, ich weiß es.*

*Layla? Gefällt dir mein rotes Tuch? Du denkst vielleicht,
ich hätte es versehentlich liegen lassen, oder?*

*Layla, da muss ich dich abermals enttäuschen. Es ist alles
ein Plan meinerseits, der irgendwann funktioniert.*

ELF

MITTWOCHNACHMITTAG

Sara wartet bereits am Sonnengarten auf mich. Ihr Look ist ähnlich wie der von Montag.

Sie hat ein blaues Bandana um ihren Kopf gebunden und dazu trägt sie die passenden blauen High Heels.

Wir haben heute wieder schönes Wetter und können deshalb draußen sitzen. Die Sonne scheint zu dieser Tageszeit besonders stark vom Himmel runter. Ich kann in dem hellblauen Himmel eine kleine Wolke erkennen, die kaum zu sehen ist.

»Hey Lay! Komm, lass dich drücken, du Hübsche.«

Ich gehe mit sicheren Schritten auf sie zu und nehme sie ganz fest in den Arm.

»Wie geht es dir, Sara?«

»Sehr gut! Die Sonne scheint, es ist Mittwoch und bei der Arbeit könnte es momentan nicht besser laufen. Was gibt es Neues bei dir?«

Sie setzt sich hin und ich setze mich zu ihr. In ihrer Marken-Sonnenbrille kann ich mich betrachten und streiche mir eine Strähne zurecht.

Die Sonnenbrille ist sehr auffällig pink. Nicht jeder kann so eine Farbe tragen, aber ihr steht sie hervorragend.

»Ich habe gute Neuigkeiten, die ich dir erzählen muss.«

Mein Herz rast. Ich weiß nicht, wie Sara darauf reagieren wird, da sie doch Maja verloren hat. Ich bin leicht angespannt und ziemlich nervös. Die Eingangstür des Sonnengartens öffnet sich und Lara kommt auf uns zu.

»Hallo, was darf ich euch bringen?«

Sie wirkt heute gelassener und selbstbewusster als gestern. Auch mit dem Orderman kann sie deutlich sicherer umgehen.

»Für mich bitte wieder einen Bauerntoast, einen frisch gepressten Orangensaft und einen Espresso«, zähle ich auf.

»Ich nehme den Bauerntoast und einen Macchiato, bitte«, sagt Sara höflich.

»Danke.« Lara verschwindet wieder hinter der Tür und ich werfe einen Blick zu Sara.

»Erzähl Lay, was gibt es Besonderes bei dir?«, fragt sie mich neugierig und ich versuche, mir die Wörter in meinem Kopf zurechtzurücken.

Dann platze ich einfach mit dem ersten Satz heraus: »Sara, Finn und ich versuchen jetzt schon seit geraumer Zeit schwanger zu werden. Es tut mir leid, dass ich das nicht früher erwähnt habe, aber ich wollte dich damit weder belasten noch herunterziehen.«

Ich hole tief Luft und sehe an Saras Gesichtsausdruck, dass sie jetzt schon ahnen kann, worum es geht.

»Du bist schwanger?«, fragt sie mit großen Augen.

»Ja, Sara. Ich bin schwanger.«

»Das ist doch schön!«

Ich merke, dass sie gerade nachdenkt. Wie ihre Mundwinkel stiller werden. Ich sehe ihr an, dass sie sich für
mich freut, allerdings kann sie es nicht zu 100 Prozent
zeigen. Ich verstehe das und ich nehme es ihr auch nicht
übel. Majas Tod war ein harter Schicksalsschlag für sie
und es wird bestimmt noch weitere Jahre dauern, bis sie
ihn verkraften wird.

»Ich freue mich so für euch!«, ergänzt sie noch, da sie
mich wahrscheinlich denken gehört hat.

»Sara? Ich wollte dich fragen, ob du für die Kleine o-
der den Kleinen vielleicht gerne die Taufpatin sein würdest? Es würde mich sehr freuen.«

Ein leichtes Lächeln macht sich in ihrem Gesicht bemerkbar.

»Das würde ich liebend gerne sein«, sagt sie und
starrt links von mir auf die Straße.

»Ist alles in Ordnung, Sara?«

»Ja, alles super, danke.«

Vielleicht war es doch etwas zu früh, der falsche Zeitpunkt und der falsche Ort. Leichte Schuldgefühle machen sich in mir breit. Was, wenn sie wieder in ein Loch
fällt, nur wegen mir? Weil ich es nicht abwarten konnte?
Sie sieht immer so taff aus und ich dachte wirklich, dass
sie es verkraftet hätte. Sie hat sehr viele Therapiestunden
hinter sich und ab und zu verschiedene Männer, bei denen sie sich vergisst.

In diesem Moment bezweifle ich, dass es ihr wirklich
gut geht. Vielleicht suchte sie in den vielen Männern
Schutz, Geborgenheit und Ablenkung? Ich weiß es nicht
und es bereitet mir Kopfschmerzen.

Die Tür öffnet sich und Lara kommt mit unseren
Toasts in der Hand auf uns zu.

Saras Handy, das auf dem Tisch liegt, klingelt. Es scheint wichtig zu sein, denn sonst würde sie nicht rangehen.

»Ja? ... Nein ... Ich komme«, sagt sie präzise ins Telefon. »Es tut mir leid, Lay. Es ist dringend. Ich muss los.«

Sie legt mir Geld auf den Tisch und verschwindet die Straße entlang. Lara beobachtet die Situation und wartet mit den beiden Tellern in der Hand auf ein Zeichen.

»Es tut mir leid, Lara. Ich brauche nur mehr einen Toast, aber bezahlen werde ich beide, wenn das in Ordnung ist.«

»Das ist bestimmt in Ordnung, auch wenn du nur einen bezahlst. Ich rede mit meinem Chef und komme dann wieder zu dir.«

Und da verschwindet sie schon wieder hinter der Tür.

Ich hole aus meiner Umhängetasche meine Sonnenbrille heraus und lege mich in den Stuhl hinein. So ein schönes Wetter. Ich hoffe, das bleibt auch so. Ich fasse mir mit der rechten Hand auf meinen Bauch und genieße die Stille. Wie könnte man dich, kleines Würmchen, denn nennen? Hm?

»Es passt so, meint mein Chef.« Ich habe gar nicht bemerkt, dass Lara in der Zwischenzeit herausgekommen ist.

»Oh, vielen Dank. Das ist aber sehr nett.«

Sie lächelt kurz und verschwindet dann wieder.

Der Toast ist heute knuspriger als gestern, deshalb kratze ich die Kruste etwas von den Seiten und öffne die Ketchup-Tüte.

Das Meeting mit der Mordkommission wird bestimmt viele Fragen aufwerfen, aber ich denke, es wird auch viele beantworten. Vielleicht haben sie eine Spur oder brauchen einfach nur die Hilfe der Öffentlichkeit.

Ich schaue auf mein Handy und denke an meinen Bruder. Vielleicht sollte ich versuchen ihn anzurufen. Es ist viel Zeit vergangen und er hat sich sicher verändert. Ich nehme das warme Handy in die Hand. Es lag auf dem Glastisch und ist ziemlich heiß geworden.

12:35 Uhr

Es *klingelt.*

Mailbox.

»Hey Tim, hier ist Layla. Wir haben uns lange nicht mehr gehört und ich wollte dich fragen, wie es dir geht und ob wir uns vielleicht mal wieder sehen können? Ich schlafe heute bei Mama und Papa. Bitte melde dich.«

Ich lege das Handy wieder umgedreht auf den Tisch nieder und esse meinen mittlerweile kalt gewordenen Toast. Vielleicht sollte ich jetzt schon ins Büro gehen und mich vorbereiten. Schreibmaterial oder Diktiergerät bereitlegen. Sitzen und auf etwas warten, was nicht passieren wird, kann ich im Büro auch.

Ich beuge mich nach vorne und lege Trinkgeld unter den Aschenbecher. Mein Fuß ist schon vom Sitzen eingeschlafen und ich versuche ihn wieder wachzurütteln. Eine ältere Frau, die gerade die Straße entlang Richtung Altstadt geht, sieht mich verwundert an und schmunzelt leicht. Ich lächle zurück.

Es sieht bestimmt sehr komisch aus, das muss ich zugeben.

Meine Tasche, die ich auf einen zweiten Stuhl gelegt habe, hätte ich fast vergessen. Heute weiß ich nicht, wo mir der Kopf steht. Umso besser, dass ich jetzt schon ins Büro gehe.

Auf der Straße spielen drei Kinder Fußball. Sie müssten jetzt im Alter von Paul Schulz sein, einer ähnelt ihm sogar. Ob sie verwandt sind? Das Tor, das sie sich gebastelt haben, besteht aus zwei Steinen, jeweils einer links und rechts. Diese Steine haben sie mitten in der kaum befahrenen Straße aufgestellt.

Die Kinder sehen so fröhlich aus und haben Spaß. Sie lachen und toben wie wild umher, als wären sie allein auf dieser Welt. Nur sie drei, keine Mörder, keine Vergewaltiger, keine Einbrecher, niemand.

Ich bewundere sie und sehe ihnen schon seit einer Weile zu, als ich hinter mir ein Hupen wahrnehme. Ich habe es wohl übersehen, dass ich mitten in der Straße stehen geblieben bin, als ich den Kindern beim Spielen zugesehen habe.

Auch die Kinder sind mittlerweile beiseitegetreten, um das Auto passieren zu lassen. Sie fixieren mich jetzt. Was sie wohl denken? Womöglich das, was ich mir an ihrer Stelle auch denken würde.

Was glotzt die Alte?

Ich muss schmunzeln und gehe auf die Redaktion zu. Es herrscht heute ziemlich Bewegung in der Stadt. Vielleicht weil es wieder mal seit Langem ein wunderschöner Tag ist und das Wetter auch wahrscheinlich halten wird.

»Layla?« Ich höre eine mir nicht bekannte Stimme und drehe mich nach hinten um.

»Entschuldigung, kennen wir uns?« Ich sehe die Frau an und ihr Gesicht kommt mir bekannt vor. Ich kann es aber noch niemandem zuordnen.

Sie hat dunkelbraunes Haar, das ihr bis zur Hüfte reicht. In zwei Strähnen hat sie Bänder eingeflochten, ein grünes und ein oranges. Es sieht toll aus, das könnte ich auch mal machen. Es müsste eigentlich ganz einfach sein.

»Ich bin es, Madlen. Erkennst du mich nicht mehr? Wir haben zusammen drei Jahre die Mittelstufe besucht.«

»Ach, Madlen. Das freut mich aber, dich zu sehen. Wie geht es dir denn?«, frage ich mit einem leicht ironischen Unterton.

Ich kann mich wieder an Madlen erinnern. Madlen war die Beliebte in der Klasse. Madlen war die Hübsche in der Klasse. Madlen war die Beste in der Klasse. Aber was mich am meisten an ihr gestört hat, war nicht, dass sie beliebt, hübsch und gut war, sondern dass sie *Mobberin* war. Ja, nicht *irgendeine*, sondern *meine*.

Ich verstehe nicht, warum sie mich anspricht. Ich meine, wir hatten nie eine Freundschaft oder sonst etwas. Ich hole tief Luft und schließe die Augen.

»Sehr gut, danke. Und dir?«, fragt sie mich.

Ich frage mich, ob sie es bereut, mich damals wegen meines etwas kräftiger gebauten Körpers fertiggemacht zu haben. Wenn nicht mein Körper der Grund des Angriffes war, dann haben sie mich wegen meiner Kleidung gemobbt. Hat sie es schon vergessen?
Wir waren jung, ja, dennoch kann ich mich noch an so ziemlich alles – wenn nicht sogar an alles – erinnern.

Was sie damit bezwecken wollten, weiß ich bis heute noch nicht und natürlich darf ich nicht nur ihr die Schuld an alledem geben. Sie war es nicht allein, allerdings war sie die Anführerin.

»Gut«, sage ich, ohne groß Worte zu verschwenden. »Hör zu, Madlen, ich muss zurück an meinen Arbeitsplatz. Es war nett, dich wiedergesehen zu haben.«

Ich drehe mich von ihr weg und spüre plötzlich ihre Hand auf meinem Handgelenk. Hastig fixiere ich sie mit einem bösen Blick, den sie auch bemerkt.

»Layla, können wir uns auf einen Kaffee treffen? Wir haben viel zu bereden«, meint sie und lässt mein Handgelenk los.

»Ich denke nicht, dass wir Redebedarf haben.« Meine Stimme wird zunehmend aggressiver.

»Es war nicht leicht für dich in der Schule, hauptsächlich wegen mir …«

»Lass gut sein, Madlen. Auf Wiedersehen«, unterbreche ich sie.

Vor Wut und Trauer schießen mir jetzt Tränen in die Augen. Es war nicht leicht, ja, das gebe ich zu. Es war die schlimmste Zeit in meinem Leben und ich möchte davon nichts mehr hören. Einfach runterschlucken und vergessen. Vergessen, was damals war und vergessen, was gerade passiert ist.

Ich wische mir die Tränen aus dem Gesicht und gehe. Zum Glück habe ich noch die Sonnenbrille auf. Unter ihr kann ich alles ziemlich gut verstecken. Womöglich sind meine Augen gerade rot, aber das ist mir so ziemlich egal in diesem Moment.

Noah und die anderen sind bestimmt noch nicht in der Redaktion und das ist auch gut so. Ich brauche jetzt meine Ruhe. Ich muss mich wieder beruhigen.

Ich gehe geradewegs in mein Büro. Dabei bemerke ich eine schwarze Gestalt in meinem Augenwinkel. Jemand ist in Noahs Büro. Ich drehe meinen Kopf leicht nach rechts und sehe, dass Noah bereits dort ist. Er ist nicht allein. Beim genaueren Hinsehen habe ich eine Vermutung, wer es ist. Ich schüttle den Kopf, kneife die Augen zusammen und riskiere nochmals einen Blick.

Ich bin mir nicht sicher, warum oder weshalb, aber es ist Sara.

#VIII

Du konntest mich sehen. Stimmt's, Layla? Du hast mich ge-
sehen und du weißt dennoch nicht, wer ich bin. Streng dich
doch etwas mehr an. Du könntest mich leicht finden oder soll
ich noch mehr Spuren legen? Noch mehr Tücher liegen las-
sen? Noch öfters sichtbar für dich sein? Noch näher bei dir
sein?

Layla, sag mir, freust du dich auf das Kleine? Es wird be-
stimmt so hübsch sein wie du, vertrau mir. Ich hätte da ein
paar Namensvorschläge für dich. Leider wirst du diese nicht
von mir hören können, oder doch?

Sag mir, Layla, wie findest du Lars oder Manuel, wenn es
ein Junge wird. Wenn es ein Mädchen werden sollte, vielleicht
Jasmine oder Mara?

Hast du dich denn nicht gefreut, dass dich eine alte Klas-
senkameradin gefunden hat? Wollte sie dich finden oder war
es reiner Zufall, was denkst du? Gewollt oder ungewollt?

Layla, ich denke, du solltest es mit ihr nochmals versuchen,
findest du nicht auch? Jeder hat doch eine zweite Chance ver-
dient, oder nicht? Du wirst dich nochmals daran erinnern
müssen, Layla, denn auch ich werde dir eine zweite Chance
geben. Ob du leben oder sterben wirst, das hängt von dir ab.

Sei willig und komm zu mir. Lass dich von mir jagen. Hab
Angst und weine, das ist vollkommen okay. Ich werde immer
bei dir bleiben, kleine Layla. Ich werde dich immer suchen und
ich werde dich auch immer finden.

ZWÖLF
MITTWOCHNACHMITTAG

Es ist Sara. Ich bin mir ziemlich sicher. Das Outfit von ihr ist identisch. Es kann nur sie sein.

Hastig und leise – sehr leise – bewege ich mich in kleinen Schritten in mein Büro. Sie haben mich noch nicht gesehen, vermute ich jedenfalls. Was macht Sara denn hier? Warum ist sie bei Noah? Was hat das alles zu bedeuten? War Noah der Grund, warum sie so schnell wegmusste? Steckt sie in Gefahr? Hat Noah etwas gegen sie in der Hand?

Ich hole mein Notizbuch hervor und öffne eine leere Seite.

Noah – Sara

Mich überkommt das Grauen. Ich sehe nach draußen und versuche mich zu beruhigen. Ich bin mir nicht sicher, was hier gespielt wird.

Kinder kommen aus der Schule, manche allein, andere an den Händen ihrer Mütter. Ich versuche einen klaren Gedanken zu fassen, aber es gelingt mir nicht.

Mein Herzschlag pocht in meinem Kopf und ich blicke verzweifelt durch mein Büro, um nach meiner Trinkflasche zu suchen. Ergebnislos. Ich kann sie draußen neben dem Kaffeeautomaten stehen sehen, bis zur Hälfte mit Wasser gefüllt. Panik macht meine Kehle eng, als würde ich gewürgt werden.

»Es ist alles in Ordnung, Layla«, flüstere ich mir immer wieder zu. Vielleicht sollte ich mich verstecken? Ich meine, sie könnten mich doch sehen, oder nicht?

Klack

Die Wanduhr zeigt 13:45 Uhr an.

In der Zwischenzeit müsste Sara gegangen sein und Noah wieder allein in seinem Büro sitzen. Ich habe nichts mitbekommen, kein Wort gehört und auch keine Schritte, als sie gegangen ist. Ich habe mich wie ein Feigling unter meinem Schreibtisch versteckt und die Sekunden gezählt – als hätte ich Angst, Angst vor meinen Freunden.

Ich nehme mein Notizbuch und mein Diktiergerät in die Hand. Noah sitzt allein im Büro und sieht mich an, als wüsste er, was ich gesehen habe. Ich öffne die Glastür von Noahs Büro und will gerade meinen Mund aufmachen, als er mir zuvorkommt.

»Kaffee?«, fragt er mich und fährt sich dabei mit der Hand durch seine gestylten Haare.

»Ich wollte gerade dasselbe fragen«, sage ich mit einem leichten Grinsen im Gesicht. Noah schmunzelt und erhebt sich aus seinem weichen Stuhl.

»Bist du aufgeregt wegen gleich?«, frage ich neugierig und weiß schon, was er darauf antworten wird.

»Nein«, sagt er noch.

Noahs Vater ist schon in der Redaktion. Ich kann sehen, wie er die Treppe mit Jonas und zwei mir unbekannten Gesichtern nach oben geht. Noah verdreht die Augen, als er seinen Vater erblickt, und hält kurz inne.

Ich blicke zu ihm und gebe ihm mit einer Kopfbewegung, die zum Kaffeeautomaten zeigt, zu verstehen, dass ich gerne gehen würde.

»Geh ruhig vor, ich komme gleich nach«, sagt er mit kühler und uninteressierter Stimme.

Ich gehe zum Kaffeeautomaten und lasse mir meinen Muntermacher herunter. Schwarz. Ein Zuckerstück. Ich atme ein und schließe dabei meine Augen. Ich kann die Duftnote der frisch gemahlenen Kaffeebohnen riechen und es macht mich glücklich.

13:50 Uhr

Klack

13:51 Uhr

Noah kommt aus seinem Büro und starrt auf sein Handy. Es scheint so, als hätte er etwas vergessen, denn er bremst abrupt ab und geht wieder zurück in sein Büro. Ich kann sehen, wie er in der ersten Schublade seines Schreibtisches hektisch etwas sucht.

Ich lasse Noah in der Zwischenzeit auch einen Kaffee durchlaufen und gehe zu ihm.

Er blickt hoch, als er bemerkt, dass sich die Tür seines Büros öffnet und zuckt kurz zusammen.

»Erschreck mich doch nicht so«, schnaubt er.

»Wir sollten gehen, Noah. Ich denke, dass mittlerweile alle oben sind, nur wir fehlen noch.«

»Ja, geh ruhig vor, ich komme etwas später nach. Ihr könnt gerne in der Zwischenzeit anfangen.«

»Okay, dann bis später, Noah.«

Mit einem Fragezeichen im Gesicht gehe ich aus seinem Büro und die dunklen Stufen nach oben in den Sitzungsraum.

Um den Tisch herum sitzen Leon, Jonas, ein Mann mit einem grauen Bart, ein Mann mit einem braunen Drei-Tage-Bart und Finn.

»Finn?«

»Hallo Layla. Wir wurden kurzfristig nachgeordert, ansonsten hätte ich dir etwas gesagt.«

Was wird hier gespielt? Was haben sie vor?

»Wir können ohne Noah anfangen, soll ich ausrichten. Er kommt gleich nach«, sage ich laut und mit erhobener Stimme.

»In Ordnung. Layla, bitte setzen Sie sich.« Jonas erhebt sich und beginnt mit diesen Worten.

Ich setze mich neben Finn und versuche seriös auszusehen.

»Wir sind heute hier, um der Mordkommission an diesem Abend zu helfen.«

»Helfen?«, platzt es unerwartet aus mir heraus.

»Ja, Layla. Sie und Noah sollten abermals einen Beitrag über dieses Tuch erstellen.«

Er zeigt auf die Leinwand, wo jetzt nochmals das Tuch von heute Vormittag zu sehen ist, dieses Mal in drei verschiedenen Varianten.

Einmal wird es von einer Person um das Handgelenk gewickelt getragen, einmal liegt es ausgebreitet auf einem Tisch und das dritte ... ich schlucke kurz. Die Luft bleibt mir weg und ich spüre meinen Herzschlag in meiner Kehle. Im dritten Bild wird das Band um den Kopf getragen. Die Schlaufe und das Tuch kenne ich.

»Layla?«

»Ist das für Sie in Ordnung? Ansonsten frage ich Noah direkt, dass er es allein macht?«, meint Jonas und sieht mich dabei zweifelnd an.

»Nein, alles gut. Wir bekommen das gemeinsam hin.«

Ich schwitze und bemerke erst jetzt, dass ich angefangen habe zu zittern. Finn nimmt unter dem Tisch meine Hand und ich sehe zu ihm rüber. Er sieht mich an, als möchte er gerne etwas sagen, will aber Jonas nicht unterbrechen und schweigt.

»Der Rettungsdienst, Finn und Marcel.«

Marcel wird der mit dem Drei-Tage-Bart sein, da Finn jetzt den Blick von mir abwendet und zu ihm schaut.

»Ihr werdet in Absprache mit der Mordkommission einen Bereitschaftsdienst in Baumhausen mit ihnen übernehmen«, fährt Jonas fort.

Finn sieht überrascht aus, als hätte er wirklich davor noch nichts gewusst und es jetzt zum ersten Mal hört.

Leon erhebt sich und Jonas setzt sich hin.

»In diesem Jahr werden wir an die Sache ganz anders rangehen. Wir werden einen Trupp mit zehn Mann und mit fünf Einsatzwagen nach Baumhausen schicken und hätten gerne die direkte Unterstützung des Rettungsdienstes.«

Leon sieht zu Finn und Finn nickt.

»Perfekt. Sollte etwas passieren, sind wir direkt vor Ort und haben vielleicht die größere Chance, den Täter oder die Täter zu schnappen.« Er holt tief Luft und pustet diese hörbar wieder aus. »Wir können nicht zulassen, dass erneut jemand verschwindet. Wir haben keinerlei Anhaltspunkte und keine Verdächtigen. Deshalb liegt es jetzt auch an der Presse, Aufsehen zu erregen und die Menschen, sei es in Baumhausen oder in Reimberg, nochmals zum Nachdenken anzuregen.«

Er hält kurz inne, schaut mich an und fährt dann fort: »Wir brauchen Informationen zum Tuch und den Aufruf, dass alle heute Abend zu Hause bleiben müssen. Niemand, wirklich niemand soll sich auf den Straßen aufhalten und am besten nicht allein zu Hause sein. Verstehen Sie das, Layla?«

Es hört sich so an, als würde ich unter seiner Fuchtel stecken.

»Ja, Sir«, haue ich intensiv heraus und Jonas sieht mich erstaunt an.

Er fängt an zu lächeln, als würde ihm das gefallen, und Finn sieht mich mit unsicherem Blick an. Ich kann spüren, wie er den Blick zwischen Jonas und mir wechselt. Finn stößt mir seinen Ellenbogen in meine Seite und sieht mich dabei schockiert an. Er gibt mir mit einer hektischen Kopfbewegung zu verstehen, dass es da noch Klärungsbedarf gibt.

Ich wende den Blick von ihm ab und sehe wieder zu Leon, als sich plötzlich die Tür öffnet und Noah ohne Schuldgefühle hereinstürmt.

»Entschuldigen Sie vielmals die Verspätung, aber ich hatte noch etwas Dringendes zu erledigen«, sagt er.

Noahs Vater sieht ihn herabwürdigend an und fragt anschließend: »Wichtiger als das hier?«

Mit einer hochgezogenen Augenbraue, wie ich es von Noah kenne, sieht Leon ihn an und wartet vergebens auf eine Antwort. Noah reagiert nicht darauf und setzt sich einfach nur auf einen leeren Platz.

Ich blicke in die Runde und bemerke, dass alle recht uninteressiert daran sind, was gerade passiert ist und starre nur mehr auf Noah. Noah sieht auf die drei Bilder an der Wand und kratzt sich dabei im Nacken.

»Ich denke, wir sind hier soweit fertig«, sagt Leon recht impulsiv. »Layla weiß Bescheid, was ihr beide machen müsst. Sie wird Weiteres mit dir in eurem Büro besprechen und das bitte sofort!«

Das erste Mal nehme ich ein *Bitte* von ihm wahr.

Hektisch stehe ich auf und sehe zu Noah rüber, der sich nicht rührt. Er fixiert seinen Vater und grinst ihn dabei an. Sein Lächeln ist spöttisch, so als wäre ihm das egal, was gerade passiert ist.

»Lass uns gehen, Noah«, fordere ich ihn auf.

Noah erhebt sich genervt aus seinem Stuhl, in dem er es sich gerade erst gemütlich gemacht hat, und folgt mir nach draußen.

»Ich hoffe, du wirst mir eines Tages erzählen, was zwischen euch vorgefallen ist«, sage ich zu ihm und wende meinen Blick von ihm ab.

Als wir die Treppen nach unten gehen, sehen uns alle aus der Redaktion an. Diese Gafferei stört mich ein bisschen, obwohl ich mich gerade jetzt nicht darauf versteifen kann.

»Was habt ihr besprochen?«, fragt mich Noah und mustert mich dabei.

»Wir sollen nochmals einen Beitrag erstellen, speziell nur zu diesem Tuch, und die Bevölkerung auffordern, heute Abend zu Hause zu bleiben.«

»Das war's?«, fragt er mich erstaunt.

»Nein. Sie wollen heute Abend außerdem eine Mannschaft in Baumhausen bereitstellen, welche die Polizei unterstützen soll. Es werden zehn Mann von ihnen dort sein und der Rettungsdienst mit einem Wagen.«

»Oh, okay.« Noah sieht so aus, als würde es ihn recht kühl lassen und öffnet die Tür zu seinem Büro.

Ich drehe mich nach hinten um und kann Finn und seinen Kollegen sehen, wie sie mit sicheren Schritten die Treppe nach unten gehen und dabei miteinander sprechen. Finn kommt direkt auf mich zu.

»Layla? Was machst du dann heute Abend? Fährst du trotzdem zu deinen Eltern nach Baumhausen oder bleibst du zu Hause?«, fragt er.

»Ich werde zu meinen Eltern fahren, damit sie nicht allein sind und vielleicht schadet es auch nicht, wenn eine Journalistin schon vor Ort ist. Außerdem kommt Sara auch mit«, zwinkere ich ihm zu.

Dass Sara mitkommt, ist zwar noch nicht sicher, aber es scheint mir gerade ein gutes Argument und eine gute Notlüge zu sein.

»Wo stellt ihr euch denn auf und wo verbringt ihr die Nacht?«, fragt Noah Finn.

Sein Pager fängt an zu vibrieren und kurz darauf folgt dieser schrille Ton. »Es tut mir leid, ich muss gehen.«

Finn gibt mir einen Kuss auf die Stirn und verschwindet mit schnellen Schritten durch den Haupteingang. Ich drehe mich wieder zu Noah, der sich bereits in seinen Sessel gesetzt hat.

»Wollen wir die Beiträge zusammen erstellen?«, fragt er mich und ich beginne wie ein kleines Mädchen zu grinsen.

»Sehr gerne!«, quietsche ich vor Freude.

Es ist sehr lange her, dass Noah und ich wieder mal einen Beitrag zusammen geschrieben haben. Er hat sich immer weiter von mir entfernt. Wir waren damals wie Pech und Schwefel. Wir hielten zusammen und beschützten uns gegenseitig, aber seit ungefähr einem halben Jahr verhält er sich komisch.

Voller Begeisterung nehme ich den zweiten Stuhl, der meistens leer in seinem Büro steht, und stelle ihn neben seinen. Noah riecht heute sehr gut. Er hat wieder das Aftershave benutzt, das ich so mag. Es riecht fruchtig, aber dennoch aggressiv und genau das finde ich super.

Er öffnet ein leeres Blatt Papier und fängt an zu tippen.

Wer kennt dieses rote Tuch?
Die Mordkommission bittet um Hinweise und fordert alle auf nachzudenken!
Dieses rote Tuch wurde gestern bei der Leiche von John Wagner gefunden. Kennt es irgendjemand oder kann es jemand einer Person zuordnen?
Informationen oder Anhaltspunkte werden von der Stadtpolizei von Reimberg, Tel.-Nr. 0 03 95/4 11 oder jeder anderen Polizeidienststelle entgegengenommen.

Er zieht aus seiner E-Mail die drei vorgeschlagenen Bilder heraus, die er gerade bekommen hat und fügt sie in den Zeitungsartikel ein. Dann schickt er diesen Beitrag ab und öffnet nochmals ein leeres Blatt.

»Was müssen wir noch schreiben?«, fragt er mich und dreht sich zu mir.

»Wir sollen die Bevölkerung auffordern zu Hause zu bleiben und in Gesellschaft zu sein.«

Er nickt und beginnt abermals zu tippen:

Ich bleibe zu Hause!
Ein öffentlicher Aufruf
Die Mordkommission bittet: Bleibt zu Hause!
Es ist zu gefährlich, sich heute außerhalb der eigenen vier Wände aufzuhalten und es könnte die Ermittlungen beeinflussen.

Er schaltet den Fernseher ein. Der eingestellte Sender zeigt gerade, wie sein Vater vor der Redaktion ein Interview gibt.

Der Titel der Sendung lautet: *Bleibt zu Hause.*

Sogleich hallen Leons Worte durch unsere Köpfe.

»[…] werden heute eine Mannschaft von zehn Mann nach Baumhausen schicken. Der Rettungsdienst wird uns unterstützen und wir gehen mit Hundestaffeln vor. Bitte bleiben Sie zu Hause. Wir ermitteln aktiv und können uns heute Abend keine Behinderungen leisten. Wer gegen die Auflagen verstößt, wird in Gewahrsam genommen, bis sicher ist, dass der- oder diejenige nicht der Täter oder die Täterin ist. Bitte verstehen Sie diese drastischen Maßnahmen, aber andere Möglichkeiten haben wir in diesem Moment nicht.«

Leon dreht sich von der Kamera weg, geht zu seinem Auto und Noah sieht ihm dabei amüsiert zu.

»Warum grinst du so, Noah?«

»Nichts. Sehen wir uns später?«

Er scheint es jetzt sehr eilig zu haben, als müsste er noch irgendetwas erledigen. Und ich? Ich werde mich über dieses Tuch informieren, das ich vermutlich kenne.

Ich beruhige mich und denke mir, dass es doch sinnlos ist. Wie sollte denn so eine zarte Person wie sie einen erwachsenen Mann zum Teich schleppen? Vielleicht hatte sie aber auch Hilfe. Abermals schüttele ich den Kopf und begebe mich in mein Büro.

Ich habe ziemlich viel geschwitzt in der ganzen Zeit und muss mich jetzt etwas auffrischen. Ich hole mir meinen Deoroller aus der Tasche und trage ihn auf. Dabei starte ich meinen PC und tippe in die Suchleiste:

WOODOO.de
Huber
geb. 14.05.1981

Klopf, klopf

Ich drehe meinen Kopf zur Tür und sehe abermals Jonas darin stehen.

I X

Was ist los, Layla? Fühlst du dich nicht mehr sicher? Denkst du, du kannst noch irgendjemandem vertrauen? Ich denke nicht und das solltest du auch nicht, weißt du? Ach, kleine Layla, verunsichere ich dich? Es heißt nicht umsonst: Vertraue niemandem, nur dir selbst.

Weißt du, Layla? Es amüsiert mich, dich dabei zu beobachten, wie du versuchst, eins und eins zusammenzuzählen, aber es gelingt dir nicht. Nicht wahr, Layla? Manchmal ist die Lösung nicht zwei, manchmal kann die Lösung auch fünf sein und das weißt du auch.

Oh, ihr seid heute in Verstärkung in Baumhausen? Ob euch das nutzen wird? Die Wälder in Baumhausen sind weit, Layla, unendlich weit. Ihr werdet mich nie finden und ihr werdet auch nicht den kleinen Paul finden, außer ich lasse es zu.

Wer weiß, Layla, wer der Nächste ist.

Lass uns ein Spiel spielen, Layla. Ich zähle bis zehn und bei null wirst du es herausfinden, okay? Okay.

Zehn.

DREIZEHN

14:39 UHR

An meiner Glastür höre ich das dumpfe Klopfen, das immer lauter wird. Also drehe ich mich zu ihr hin. Jonas steht davor.

»Ja?«, frage ich leicht genervt.

Jonas kommt herein und der ganze Raum wird nochmals von seinem Aftershave überflutet. Eine Welle davon kommt direkt auf mich zu und steigt mir in die Nase.

»Layla, wie geht es Ihnen?«

»Mir geht es gut, danke der Nachfrage«, sage ich ernst und ohne eine Miene zu verziehen.

»Haben Sie die Beiträge mit Noah veröffentlicht?«, fragt er und zieht eine Augenbraue nach oben, als er bemerkt, dass er nicht meine ganze Aufmerksamkeit hat.

Ich starre auf meinen Bildschirm und beantworte ihm seine Frage recht kühl mit einem einfachen Ja.

»Gut, gut.«

Er kommt herein und schließt die Tür hinter sich. Als ich den dumpfen Schlag der Tür gegen die Glaswand höre, blicke ich zu ihm auf. Er kommt mir immer näher.

Verdächtig nah. Mein Herz schlägt schneller. Wenn er noch näher kommen würde, könnte er hören, wie es rast.

»Kann ich Ihnen noch behilflich sein?«, frage ich ihn, gerade sehr verunsichert.

Meine Finger auf der Tastatur fangen an, sich leicht nach oben und unten zu bewegen. Ich zittere und er könnte es genauso hören wie ich. Dieses leichte Klacken auf der Tastatur, das meine Finger verursachen, macht mich nur noch nervöser. Ruhig, Layla. Beruhig dich! In mich gekehrt, versuche ich mal wieder einen klaren und kühlen Kopf zu bewahren. Ich schrecke auf, als ich plötzlich seine Hand auf meiner spüre.

»Layla? Haben Sie Angst vor mir?«, fragt er mich.

Ich sehe ihm ins Gesicht. Sein Grinsen wird immer breiter, so als würde es ihm gefallen, als würde es ihn amüsieren, dass ich vor Angst zittere.

»Nein … warum sollte ich?«, stocke ich vor mich hin.

Was hat er jetzt vor? Was will er mit mir machen? Ich blicke durch die Glaswand hinter ihm und suche vergebens Hilfe. Die Redaktion ist plötzlich wie leer gefegt. Keine Seele weit und breit.

Ich blicke in die dunklen, düsteren Augen von Jonas, die mich durchlöchern.

»Layla? Sagen Sie mir die Wahrheit. Fürchten Sie mich?« Sein Grinsen wird noch breiter.

»Jonas, was wollen Sie von mir?«, frage ich noch mit letzter Kraft voller Überzeugung.

Er lehnt sich zu mir und flüstert mir in mein Ohr: »Dich!«

Ich ziehe die Hand unter seiner hervor und stehe angsterfüllt auf.

»Seit wann sind wir denn beim *DU*?«, frage ich ihn erschüttert.

Ich könnte wieder zusammenbrechen oder heulen. Einfach abschalten. Ich schließe meine Augen und höre seine egozentrische Stimme. »Ach komm, du ziehst dich doch nicht für irgendjemanden so an, oder doch?«

Ich öffne meine Augen und Jonas sieht mich starr vor Schreck an. Ich denke, meine Augen müssten gerade aussehen, als würde ihn die Hölle persönlich ansehen. Ich balle meine Hand zu einer Faust und frage ihn wütend: »Was haben Sie gerade gesagt?«

Noch während er überhaupt antworten kann, öffne ich meine Faust und klatsche sie ihm mit aller Kraft auf seine Wange.

»Verschwinden Sie!«, schreie ich.

Er hält sich die Wange mit der einen Hand und droht mit der anderen. Auf seiner Stirn erscheinen Adern und sein Gesicht wird knallrot.

»Das werden Sie noch bereuen«, schimpft er, als er sich umdreht und durch die Glastür wieder nach draußen flüchtet.

Ich gehe zum Monitor und schalte den Computer aus.

»Ich muss hier raus«, flüstere ich mir mit noch verunsicherter Stimme zu. Ich nehme meine Jacke und stürme nach draußen, ohne einen weiteren Blick nach links oder rechts zu riskieren.

Draußen an der frischen Luft scheint mir die Sonne ins Gesicht. Aus meiner Tasche hole ich die Sonnenbrille und setze sie auf. Von den Wangen wische ich mir die schwarzen Striche weg, die durch einzelne Tränen verursacht wurden, und versuche so zu tun, als wäre gerade nichts passiert.

Ich schaue auf meine Armbanduhr, die gerade eine weitere volle Minute anschlägt.

14:48 Uhr

Dann gehe ich die leere Straße entlang zum Park, der sich im Zentrum der Stadt befindet. Etwas frische Luft und eine grüne Umgebung werden mir bestimmt guttun. Zwei Menschen gehen die Straße entlang nach unten, einer fährt sogar mit dem Rad. Heute ist es ein wirklich wunderschöner Tag und es herrschen sogar Plusgrade, die ich deutlich spüren kann.

Ich ziehe meine Jacke aus und setze mich auf die leere Bank, die unter ein paar Bäumen steht. Es ist ein schattiges Plätzchen, aber dennoch ist es dort angenehm zu sitzen. Ein alter Mann setzt sich auf eine andere leere Bank hin und holt ein altes Brot aus seiner Tasche.

Die Tauben kommen zu ihm geflogen und gerannt, als würden sie ihn schon kennen. Er zermahlt das Brot in seinen Händen. Damit die Tauben nicht streiten, verstreut er es kreuz und quer auf dem gesamten Boden vor ihm.

Der Anblick des alten Mannes macht mich glücklich. Ich lächle sogar schon wieder ein bisschen. Wie sorgfältig er das Brot einreißt und in Stücke an die Tauben verfüttert, erstaunt mich.

Obwohl ich den Glauben an die Menschheit schon verloren habe, gibt er mir doch ein kleines Stückchen Vertrauen zurück.

Ich atme ein und lege meinen Kopf in den Nacken. Dabei kann ich einen kleinen Sonnenstrahl wahrnehmen, der durch die stark bewachsenen Äste hindurchblickt. Er fühlt sich wärmend an. Ich schließe meine Augen und höre dem Wind zu, wie er durch die Äste zischt. Diese Stille und die Natur geben mir Geborgenheit und inneren Frieden. Ich merke, wie ich zunehmend ruhiger werde und in eine Art *Trance* versinke.

Plötzlich höre ich eine Stimme, die ich lange nicht mehr gehört habe, meinen Namen rufen.

»Layla?«

Ich öffne meine Augen, bringe mich wieder in Normalposition und drehe mich in die Richtung, aus der die Stimme kam.

Es ist Tim.

Mein Mund steht sperrangelweit offen. Ich bin fassungslos. Was macht er hier? Und er ist nicht allein. Ich schiebe meine Sonnenbrille nach oben und kneife meine Augen zusammen. Als ich sie wieder öffne, ist er immer noch da und *sie*.

Sie gehen Hand in Hand auf mich zu und Tim fängt an zu schmunzeln. Seine Freundin – wie ich vermute – sieht sehr ernst und besorgt aus. Auch sie trägt eine Sonnenbrille, aber ich kann sie schnell identifizieren.

»Layla, lass dich drücken. Es ist lange her, dass wir uns gesehen haben«, sagt er.

Ich stehe auf und gehe ihm die letzten Schritte entgegen. Tim nimmt mich ganz fest in den Arm, so als hätten wir uns ein halbes Leben lang nicht gesehen. Das haben wir ja auch, umso gespannter bin ich auf seine Erklärung.

»Layla, das ist …«

»Madlen«, sage ich kühl, als ich ihn unterbreche.

»Ihr kennt euch?« Seine Blicke wechseln zwischen mir und ihr hin und her.

»Ja«, sagt Madlen mit einer leichten Unsicherheit, die ich in ihrer Stimme klar herausfiltern kann.

»Das ist ja großartig!«, jauchzt er. »Woher?«

»Schulzeit.« Ohne eine Miene zu verziehen, blicke ich zu ihr.

Meine Blicke müssen böse gewesen sein, denn sie hat ihren Blick von mir abgewendet und starrt nun auf den Boden. Tim scheint total begeistert zu sein. Er denkt wohl, dass wir einst gute Freundinnen gewesen sind.

»Also seid oder wart ihr gute Freundinnen?«, fragt er offen in die Runde.

Tim strahlt bis über beide Ohren und kann es wahrscheinlich nicht glauben, dass die Einzige, die jemals zu ihm gehalten hat, sich gut mit seiner neuen *Flamme* versteht.

»Also, das war so, Tim ...«, sagt sie und erst jetzt hebt sie den Blick und sieht ihm direkt ins Gesicht.

»Ja, wir waren beste Freundinnen damals«, sage ich und lächle sie dabei an.

Auch sie fängt an zu lächeln. Ich vermute, ihr ist gerade ein ziemlich großer Stein vom Herzen gefallen. Deshalb werde ich es dennoch nie vergessen, was sie mir angetan hat. Solange Tim mit ihr glücklich ist, kann ich mit der Situation leben.

Ich gehe auf sie zu und umarme sie.

»Es ist schön, dich wiederzusehen. Lange ist es her, nicht wahr?«, frage ich sie und flüstere ihr, ohne dass sie auf die erste Frage etwas antworten konnte, ins Ohr:

»Ich weiß nicht, was du vorhast, aber solange du ihm nicht wehtust, werden wir die besten Freunde sein.«

Ich lasse von ihr ab und lächle sie noch mit einem weiteren Grinsen an.

Ihres verblasst.

Unter ihrer dunklen Sonnenbrille kann ich leichte Angst in ihren Augen erkennen. War ich zu hart zu ihr?

»Ja, lange ist es her. Du bist echt hübsch geworden, eine wahre Schönheit«, antwortet sie erst jetzt auf meine Frage.

Ich merke, dass sie es wirklich so meint, und bedanke mich.

»Wie lange ist es jetzt her, dass wir uns nicht mehr gesehen oder gehört haben? Das müssten schon fast sieben Jahre her sein, oder?«, fragt er mich.

»Acht Jahre und drei Monate, um genau zu sein.«

Mein Tonfall muss sehr ernst gewesen sein, denn das Lächeln aus Tims Gesicht ist jetzt verschwunden.

»Das tut mir so leid, Layla. Ich wollte mich melden, wirklich. Nur stand mein Leben kopf, bis ich Madlen kennengelernt habe.«

»Wie lange seid ihr jetzt zusammen?«, frage ich sie neugierig.

»Zwei Jahre. Ich bin nach Kamm gezogen. Ich weiß nicht, ob du das mitbekommen hast.«

»Wie hätte ich das mitbekommen sollen? Von wem denn? Du hast es ja nie für nötig gehalten, mir eine Nachricht zu hinterlassen oder einen Brief zu schreiben oder einfach mal durchzuklingen.« Mein Ton wird zunehmend aggressiver.

Ich bin nicht wütend auf ihn. Ich kann verstehen, warum er rausmusste, aber dass er mir dann so etwas antut, verletzt mich zutiefst.

»Es tut mir wirklich leid, Layla.«

Er senkt seinen Kopf und ich bemerke, dass es ihn quält.

»Setzen wir uns, erzähl. Was gibt es Neues bei euch?«

X

Warum hast du geweint, Layla? Was ist bei der Arbeit passiert? Hat dir das mit ihm denn nicht gefallen? Mir gefällt es, wie du dich ärgerst. Die Angst, die du vor ihm hast. Du bekommst dann immer eine kleine Falte auf deiner Stirn, ohne dass du die Stirn runzelst. Ich finde das süß, weißt du, Layla?

Dein Bruder ist wieder in der Stadt. Er hat dich gefunden. Hast du ihn gesehen? Warum hast du dich nicht gefreut, dass er da ist? Und was ist mit seiner Freundin? Warum kannst du sie nicht ausstehen? Sie ist doch hübsch und es scheint, als würden die beiden sich super verstehen.

Vertraust du ihnen? Oder denkst du, dass sogar er und seine neue Geliebte etwas mit der ganzen Geschichte hier zu tun haben?

Warum denkst du, sind beide acht Jahre untergetaucht? Wie vom Erdboden verschluckt? Denkst du, sie sind unschuldig? Warum? Weil es doch dein lieber Bruder ist, oder? Ich kann es in deinen Augen sehen, dass du Angst hast. Angst vor deinem eigenen Bruder.

Layla, ach kleine Layla, wenn du wüsstest, was er in diesen Jahren alles gemacht hat. Ich denke, dann würden dir die Nackenhaare zu Berge stehen.

Und was ist mit dem Tuch, Layla? Du kennst es. Du hast es schon einmal gesehen, aber du kannst dich nicht mehr erinnern, wer es getragen hat?

Strenge dich doch etwas mehr an, Layla. Du bist doch sonst immer so gut darin, Zusammenhänge herausfiltern.

Du kennst mich und ich kenne dich.

Neun.

VIERZEHN

16:01 UHR

Das rote Tuch.

»Es tut mir leid, Tim und Madlen, ich muss in die Redaktion.«

»Mach dir keinen Kopf, Layla. Sehen wir uns morgen wieder? Dann können wir vielleicht etwas gemeinsam unternehmen. Du mit Finn und ich mit Madlen?«

»Du meinst, ein Doppeldate?« Ich ziehe eine Augenbraue nach oben.

»Ja, genau, ein Doppeldate.« Sein Grinsen wird breiter und es scheint so, als würde ihm das sehr am Herzen liegen.

»Geht in Ordnung, Tim, bis morgen.«

Ich stehe auf und gehe mit raschen Schritten auf direktem Wege zur Redaktion.

Die Redaktionstür steht sperrangelweit offen. Die Redaktion ist wie leer gefegt. Wo sind denn alle hin? Eine kühle Brise durchläuft den gesamten Aufenthaltsraum. Noah ist in seinem Büro. Er telefoniert mit jemandem und sieht mich dabei so an, als würde er von mir sprechen. Vielleicht hat er sogar das Drama von vorhin mitbekommen. Wer weiß? Vielleicht weiß es auch schon die gesamte Redaktion.

Ich folge mit meinen Augen die dunkle Treppe nach oben und hoffe, dort nicht Jonas stehen zu sehen. Ich halte die Luft an und atme sie wieder hörbar aus, als ich auch die Galerie leer auffinde.

Rasch und ohne einen weiteren Blick zu riskieren, gehe ich in mein Büro und werfe meine Jacke auf den leeren Stuhl. Ich setze mich in den knarrenden Bürostuhl und öffne *WOODOO.de*

Huber
geb. 14.05.1981

Kann es eine Verbindung zwischen den beiden geben? Gibt es Neuigkeiten? Habe ich etwas übersehen? Oder besser gesagt, was habe ich nicht gefunden? Das sind alles Informationen, die ich schon vorher von ihr wusste.

Ich lege mich in meinen Bürostuhl und halte mir die Hände vor mein Gesicht.

»Puuuh«, schnaube ich und weiß nicht mehr weiter. Wie komme ich nur weiter in diesem Fall?

Ich nehme die Hände wieder nach unten und lege sie auf den Tisch. Als ich plötzlich etwas sehe, überkommt mich Gänsehaut über meinen ganzen Körper und mein Mund wird ziemlich trocken. Ich starre auf die Pinnwand mit den Daten von John und Paul. Wie konnte ich das übersehen?

John Wagner
   geboren am 23.01.1981
   wohlhabende Eltern
   Oberstufe an der R. B. Universität
   Abschluss nach fünf Jahren mit Diplom
   [...]

Beide sind im gleichen Jahr geboren und haben dieselbe Oberstufe besucht. Aber warum wurde er ermordet und mit welchem Motiv? Was hat der kleine Paul mit der ganzen Geschichte zu tun?

Ich tippe auf der kalten Tastatur umher und mit jedem Klicken werde ich zunehmend nervöser. Ich werde mich wieder in irgendetwas verrennen. Ich weiß es und genau das ist der falsche Weg. Ich muss die Fakten zusammenzählen und nicht etwas zusammenträumen.

Ich bin bereits so weit gekommen. Ich bin kurz davor herauszufinden, wer der Täter ist. Die Antwort liegt wahrscheinlich genau vor unseren Füßen und wir können sie nicht sehen. Wer hätte ein Motiv? Wer kennt sich mit Leichenkonservierung aus?

Ich starre auf das Bild des kleinen Paul, das die Hälfte meines Bildschirms in Anspruch nimmt. Alles, was ich jemals wollte, ist, dass alles aufhört, jeder friedlich zusammenlebt und die Welt wieder in Ordnung ist. Warum ist das denn zu viel verlangt?

Ich scrolle nach unten und sehe die Daten, die ich öfters schon aufgeschrieben habe, vor mir.

Paul Schulz
   geboren am 26.11.2004
   Grundschulkind
   Eltern: Luzie (35) und Simon Schulz (39)

Luzie Schulz
geboren am 23.06.1981
wohlhabende Eltern
Oberstufe an der R. B. Universität
Abschluss nach fünf Jahren mit Diplom
Grundschullehrerin in Baumhausen

Die Daten von Luzie habe ich mir jedoch noch nie genauer angesehen. Ging sie auch auf die R. B. Universität? Was für ein komischer Zufall oder ist es etwa keiner? Es hat alles einen Zusammenhang. Ich fühle es.

Als ich gerade einen Schluck Wasser zu mir nehmen will, fliegt mir ein Bericht von vor vier Jahren in die Hände. Ich habe mich nie wirklich über den damaligen Unfall von Maja informiert und ich wollte auch nicht nachfragen. Immerhin kannten Sara und ich uns erst ein halbes Jahr und es war schon schlimm genug.

Kleines Mädchen (4) stirbt bei Autounfall auf der A2

Das Auto war vollgepackt mit Reisegepäck. Offenbar eine Urlaubsfahrt, die am Freitagabend auf der A2 in Richtung Reimberg/Kamm tragisch endete.

Gegen 18:14 Uhr kam es auf der Schnellstraße zwischen den Anschlussstellen Reimberg West und Reimberg Ost zu einem schweren Unfall, als der Fahrer eines Kleinfahrzeuges nach rechts von der Fahrbahn abkam.

Das Auto wich einem zweiten Auto aus, riss ein Verkehrsschild aus der Verankerung und überschlug sich.

In dem Fahrzeug, das ausgewichen ist, wurde ein Kind (4) schwer verletzt und die Mutter (28) und der Vater (31) wurden leicht verletzt. Im Auto des Unfallverursachers wurden ein Kind (5), die Mutter (28) und der Vater (32) leicht verletzt. Es handelt sich bei beiden um in Deutschland lebende Familien.

Die Verletzten wurden vor Ort von Notfallsanitätern und mehreren Notärzten, darunter auch ein Notarzt eines Rettungshubschraubers, versorgt.

Das vierjährige Mädchen starb kurz nach der Einlieferung ins Krankenhaus, bestätigt eine Sprecherin der Polizeidirektion Ost gegenüber R. M.

Die A2 war Richtung Reimberg/Kamm für 2,5 Stunden gesperrt. Zeitweise standen die Autofahrer mehr als zwei Stunden im Stau.

Der Unfall wurde ersten Erkenntnissen zufolge durch das zweite Kleinkraftfahrzeug verursacht, dem das erste Kraftfahrzeug ausgewichen ist.

Im nächsten Beitrag kann ich die Namen und Bilder der Unfallverursacher sehen und erkennen.

Ich setze mich aufrecht hin und versuche Luft zu holen. Ich habe sogar Angst zu ersticken. Um das zu vermeiden, gehe ich zum Fenster und öffne es sperrangelweit. Die ganze Situation überfordert mich. Ich setze mich mit angewinkelten Beinen auf den Boden, lege meinen Kopf in meine Knie und schreie.

Tränen überkommen mich. Ich versuche hilflos nach Luft zu ringen. Mein Atem stockt und ich spüre, wie mein Herzschlag bis in meine Kehle rückt. Ich schreie so laut ich kann. Innerlich.

Ich versuche mich irgendwo festzuhalten. Es fühlt sich aber so an, als würde der Boden unter mir weggerissen werden. Jeder Atemzug schmerzt. Jeder Schluck schmerzt. Meine Kehle schmerzt.

Ich kann meine Gedanken nicht mehr sortieren. Was ist los? Was passiert mit mir? Fühlt es sich so an, wenn man in einer heillosen Welt festgehalten hat, die jetzt langsam, aber sicher in die Brüche geht?

Ich zwinge mich schließlich nach einem Blatt Papier zu greifen, hole einen Kugelschreiber aus der Hosentasche und fange an zu zeichnen. Zeichnen beruhigt mich. Zeichnen hilft mir, wieder einen klaren Kopf zu bekommen. Ich zeichne gerne, jedoch finde ich nicht mehr die Zeit. Gerade jetzt habe ich sehr viel Zeit.

Meine Tränen ziehen meine Wangen entlang nach unten. Die Schminke müsste mittlerweile ziemlich furchtbar aussehen, aber das ist mir egal. Gerade ist mir alles egal. Ich sitze auf dem Boden und zeichne.

»Layla, bist du okay?«

Ich schaue mit verschwommenem Blick zur Tür, in der Noah steht. Er muss es mitbekommen haben, wie ich zusammengebrochen bin. Noah ist der letzte Mensch, den ich gerade sehen möchte. Was hat er damit zu tun?

»Verschwinde!«, schreie ich mit gequälter Stimme, die fast schon in den Ohren wehtut.

Ich senke meinen Blick wieder und konzentriere mich auf mein Blatt Papier. Dann zeichne ich eine Linie nach unten und eine quer, male Felder aus und zeichne einfach drauflos.

Noah ist nicht gegangen, ich kann ihn spüren. Ich spüre seinen Blick. Seinen widerlichen, abwertenden Blick. Wie er in der Tür da steht und einfach nicht weiß, was er machen soll.

»Layla, lass mich dir helfen. Bitte.« Mit ruhiger Stimme und mit ganz sanften, leichten Schritten nähert er sich mir.

Ich kann die leichten Vibrationen im Holzboden fühlen, die mich zum Beben bringen. Ich blicke schlagartig nach oben und halte den Kugelschreiber direkt auf ihn gerichtet.

»Bleib weg von mir! Ich warne dich, Noah. Lass mich in Frieden!« Wieder überkommt mich das Gefühl von Traurigkeit und Hilflosigkeit.

Ich lasse erneut meinen Kopf in meine Knie fallen und schreie. Dieses Mal richtig. Noah schreckt zurück und verlässt ruckartig mein Büro. Die Glastür knallt gegen die Wand und es wird still. Diese Stille breitet sich im gesamten Raum aus und von draußen höre ich nur ein Auto, das vorbeifährt.

Kaum Gespräche. Alles ist still. Ich werde still. Ich fange mich langsam wieder.

Das ergibt doch alles keinen Sinn. Alles führt ins Nichts. Meine gesamten Recherchen, all die Jahre waren umsonst. Ich schüttle den Kopf und wische mit meinen Handflächen die Wangen sauber.

Ich stehe wieder am Anfang. Was hast du dir da zusammengereimt, Layla? Das ist doch alles ziemlich weit hergeholt. Und Tim? Was macht Tim hier? Hat er etwas mit der ganzen Situation zu tun? Und Madlen? Madlen würde ich es zutrauen. Sie war boshaft, sehr verletzend. Aber vielleicht auch nur *war*. Ich weiß es nicht, aber ich werde es heute herausfinden.

Ich blicke auf das Blatt, das neben mir liegt. Ich habe einfach nur drauf rumgekritzelt. Es ergibt keinen Sinn, was ich gezeichnet habe, und ich kann auch nicht erkennen, was es hätte werden sollen.

Ich nehme das Blatt in die Hand, zerknülle es zu einem kleinen Ball und versuche, es im Mülleimer am Ende des Raumes zu versenken.

»Mist, verfehlt.«

In Anbetracht der derzeitigen Situation entscheide ich mich zu gehen. Ich kann heute hier nichts mehr bezwecken und würde mich nur mehr selbst quälen.

Bevor ich das Fenster schließe, atme ich nochmals die frische Luft von draußen ein.

FÜNFZEHN

16:48 UHR

Zu Hause angekommen, öffne ich die quietschende Tür und hänge meine Jacke auf, die ich im Arm trage. Das Wetter ist so schön, sodass ich heute gar keine Jacke gebraucht hätte, aber das ist egal. Sicher ist sicher.

Ich habe mir aus dem Büro mein Notizbuch mitgenommen, in das ich heute noch gar nichts Sinnvolles geschrieben habe. Ich staune immer wieder über mich selbst. Aber jetzt gehe ich erst mal duschen und mir etwas Langes anziehen. In Baumhausen wird es bestimmt kälter sein und erst recht, wenn die Nacht erst mal hereingebrochen ist.

Ich lasse das warme Wasser über meine nackte Haut laufen und schließe meine Augen. Es fühlt sich wie ein warmer Sommerregen an, den ich sehr vermisse. Die langen Sommertage und die heißen Temperaturen fehlen mir.

Was brauche ich heute alles? Ich überlege und starre dabei auf die Wand, als würden die Antworten dort draufstehen. Doch da steht nichts. Die Wand ist leer. Ein, zwei Bilder hängen an der Wand, mehr nicht.

Ich gehe die knarrende Treppe nach oben und denke bei jedem Schritt nach, was ich heute Abend brauchen könnte. Eine Taschenlampe, ein Feuerzeug, eine Wärmflasche? Ich schüttle den Kopf, das ist doch Quatsch. Ich veranstalte doch keine Übernachtungsparty.

Notizbuch, Laptop, schwarzes Fotoalbum, Stifte, Taschenlampe, Erste-Hilfe-Koffer, lange Hose und gutes Schuhwerk, wasserdichte Jacke und Mütze, Schal und Messer, damit ich mich sicherer fühle.

Ding, dong

Ich blicke erschrocken zur Treppe. Wer könnte das denn jetzt sein? Ich erwarte niemanden und habe auch nicht vor, jemanden zu treffen. Hastig husche ich, nur mit einem Handtuch bekleidet, nach unten und sehe durch den Türspion. Es ist Sara.

»Sara? Was machst du denn hier?«

»Darf ich denn nicht meine beste Freundin besuchen?«

»Doch, doch. Komm rein.«

Ein eiskalter Schauer läuft mir über den Rücken hinunter, sobald ich das kirschrote Bandana auf ihrem Kopf sehe. Es ähnelt extrem dem, das bei der Leiche gefunden worden ist. Sara trägt es identisch wie auf dem dritten Bild der Mordkommission. Die Haare zusammengebunden und eine Schleife an der Seite mit zwei Strähnen, die darüber hinunterhängen. Der einzige Unterschied der beiden Tücher liegt darin, dass in ihrem etwas eingestickt ist.

Sie näht sehr gerne und bestickt die Bandanas immer selbst mit ihren Initialen.

Alles, was sie als Accessoire trägt, kommt unter die Nadel und wird von ihr liebevoll verziert.

Geschockt und versteift stehe ich immer noch in der Tür. Während ich darüber nachgedacht habe, bin ich keinen Schritt gegangen.

»Welchen Geist hast du denn gesehen?« meint sie, während sie mir mit ihren Fingern vor meiner Nase herumschnippt.

»Tut mir leid, Sara, bitte komm doch rein.« Ich gehe beiseite und lasse sie passieren.

»Lass dich drücken, Sara.«

Ich drücke sie ganz fest, als hätte ich sie Ewigkeiten nicht mehr gesehen und kann sie nicht mehr loslassen.

»Ähm, Lay? Was ist denn los? Du erdrückst mich.«

»Oh, tut mir leid, Sara. Das wollte ich nicht.«

Sie lächelt und sieht so aus wie damals. Sie hat sich umgezogen. Ihre High Heels hat sie gegen Wanderstiefel getauscht und anstelle der kleinen Handtasche hat sie einen Rucksack mit Gepäck. Was wird sie wohl vorhaben?

»Gilt dein Angebot noch von gestern Mittag? Ich würde gerne mit nach Baumhausen kommen und bei dir übernachten, wenn das okay ist? Ich muss mal raus aus dieser Stadt, einfach raus, es ist so viel passiert in letzter Zeit. Biiiiiittteeee?«

Ewig lange zieht sie diese Bitte hinaus und es freut mich, dass ich nicht allein nach Baumhausen und in den Wald muss.

»Wir können uns einen wunderschönen Abend machen, Sara. Aber ich habe heute etwas Besonderes vor.«

»Sag nicht, dass du den Mörder von Baumhausen suchst«, schmunzelt sie.

»Doch!«

Ihre Miene wird ernst.

»Natürlich bin ich dabei. Lay, du kennst mich doch. Dafür bin ich immer zu haben.«

»Ich wusste doch, dass ich mich auf dich verlassen kann, Sara. Lass uns den Mörder jagen.«

Ein Stein fällt mir vom Herzen und ich freu mich umso mehr auf heute Abend. Girlpower! Nur wir beide.

In sechs Jahren Freundschaft sind wir viel in den Bergen gewandert. Auf den Berg hoch und runter ins Tal und wieder hoch. Es war schön und hat mächtig viel Spaß gemacht. Wir haben auch ab und zu an den Wochenenden nur Mädchenabende veranstaltet. Ohne Jungs! Nur wir zwei. Aber nicht zu Hause – gemütlich vor dem Kamin und im Bett schlafen, nein, nie. Wir haben unsere Campingausrüstung mitgenommen und sind für ein paar Tage aus der Zivilisation verschwunden, das waren die schönsten Momente.

In letzter Zeit fehlt mir das ein bisschen. Sara ist ziemlich beschäftigt gewesen, weil sie die Führungsposition unbedingt haben wollte und auch bekommen hat. Sara setzt sich viele Ziele und arbeitet so lange daran, bis sie diese erreicht. Das schätze ich so an ihr. Sie ist stark und ich bewundere sie.

»Das wird richtig klasse!«, jauchzt sie und klatscht dabei in die Hände, »ich freu mich so, wieder etwas Zeit mit meiner *Bestie* zu verbringen.«

Sie sieht so glücklich aus und das freut mich.

»Schlafen wir im Zelt oder bei mir zu Hause?«

»Das fragst du noch, Lay? Stadtmädchen hin oder her, aber ich liebe das Campen.«

»Denkst du wirklich, dass es ideal ist, draußen zu schlafen? Ich bin für zu Hause und Campen können wir ein anderes Mal, okay?«

»Ach Mensch. Vor Vorfreude hätte ich glatt vergessen, welcher Tag heute ist. Natürlich geht das in Ordnung, wenn wir bei deinen Eltern schlafen. Wie sieht der Plan für heute Nacht aus?«

»Ich habe noch keine Ahnung, Sara. Der Tag kam wie alles viel zu schnell.«

»Lay? Denkst du wirklich, dass es so sinnvoll ist, das Haus zu verlassen? Er könnte überall und nirgends sein und vielleicht schlägt er heute gar nicht zu.«

»Das könnte natürlich auch sein.« Ich schmunzle ein bisschen und werde rot.

»Was ist, Lay? Woran denkst du?«

»Weißt du, was mich beschäftigt, Sara? Ich habe für einen kurzen Moment dich verdächtigt.«

Sara lacht und grinst mich an. Mein Blick bleibt ernst und als sie mir ins Gesicht sieht, bemerkt sie, dass ich nicht scherze. Ihr Grinsen verschwindet.

»Das ist Schwachsinn. Ich weiß, Sara. Dein Tuch ähnelt nur dem, das bei der Leiche gefunden wurde. An die Initialen, die du dir immer einnähst, habe ich natürlich nicht gedacht.« Ich muss lachen, weil sich die Geschichte absurd und wie aus einem Horrorfilm anhört.

»Lay, ich denke, du hast einfach in der letzten Zeit sehr viel um die Ohren. Du suchst vergebens nach einer Lösung und versteifst dich zu stark in einzelne Indizien. Blicke über den Horizont, Lay. Warum hast du nicht mit mir darüber geredet? Wir können uns doch alles sagen, weißt du denn nicht mehr? In guten wie in schlechten Zeiten«, sagt sie und mit jedem Wort wird ihre Stimme zunehmend ruhiger. »Lay, weißt du, womöglich täte es dir auch mal wieder gut, irgendwo einfach nur abzuschalten.«

»Ja, ich weiß. Es macht mich verrückt, immer wieder auf diesen einen Tag darauf hinzuarbeiten. Ich habe Angst, Sara. Weißt du? Angst um meine Familie, Angst um Menschen, die ich wirklich gernhabe. Das ist doch krank, Sara. Wer hat denn John so etwas Furchtbares angetan?«

Verzweiflung macht sich in mir breit und ich weiß einfach nicht mehr weiter.

»Hast du denn irgendwelche Beweise oder eine Person in Verdacht?«, fragt sie mich neugierig.

»Nichts Konkretes. Aber es muss irgendjemand sein, der sich mit Leichenkonservierung auskennt oder studiert hat. Niemand sonst kommt auf so eine kranke Idee.«

»Lars Major, der Dorfmetzger oder Martin Saal? Martin ist doch schon vorbestraft, oder nicht? Es muss doch niemand aus deinem näheren Umfeld sein. Wenn du ihn kennen würdest, dann wären es auch Menschen, die ich ebenfalls kenne, oder nicht?«

Ihre Worte hören sich für mich sinnvoll an und sie hat auch recht. Warum habe ich nicht früher mit Sara geredet? Sie sieht alles aus der Sicht einer Außenstehenden und ist nicht permanent mit diesem Fall konfrontiert.

Es öffnen sich jetzt ganz neue Ebenen, die ich nie in Betracht gezogen hätte.

»Ich hatte keine Zeit, Sara. Die Zeit war zu knapp, um etwas herauszufinden. Die Leiche wurde erst gestern gefunden. Wenn sie doch bloß schon früher entdeckt worden wäre, dann hätte auch die Mordkommission die Zeit, um alles sorgfältig durchzugehen. So ist alles überstürzt. Die ganze Aufstellung in Baumhausen ist überstürzt.«

»Warum überlässt du die Sache denn nicht einfach der Polizei? Sie hat geschultes Personal und wird heute Abend bestimmt etwas herausfinden. Vielleicht findet sie sogar den Täter oder zumindest den Ort, an dem Paul sein könnte. Die Polizei hat sich meines Erachtens auch nie wirklich damit befasst oder wirklich recherchiert. Ansonsten hätte sie ihn zumindest schon gefunden, denke ich.«

»Es waren einfach immer zu wenig Anhaltspunkte oder gar nichts da, Sara. Mit der Leiche sind nur mehr Fragen aufgekommen, als gelöst worden sind, und das ist das große Problem.«

»Vielleicht haben sie ja bereits jemanden im Visier und fixieren diese Person heute Abend? Weißt du denn, ob das so ist?«, fragt sie mich mit einer sehr vorsichtigen Stimme.

»Soweit ich weiß, nicht.« Ich gebe mich geschlagen. Mehr als suchen kann ich auch nicht.

»Ich muss noch fertig packen, Sara. Hilfst du mir?«

»Natürlich, Liebes. Was brauchst du noch?«

»Klamotten. Ich muss mich anziehen.« Ich begebe mich zur Treppe und gehe diese hoch. Sara folgt mir mit sicheren Schritten.

Stufe für Stufe denke ich mir immer mehr, dass ich heute einen Fehler mache, aber ich muss endlich wissen, was in Baumhausen schiefläuft.

Vielleicht finden wir sogar den kleinen Paul, der schon seit Jahren als vermisst gilt.

Mein Kopf fängt an zu schmerzen. Er drückt und ich kann den Herzschlag in den Schläfen fühlen. Es ist zu viel passiert: heute, gestern und vorgestern. Ich habe mir zu viele Gedanken gemacht und Menschen beschuldigt, die ich gernhabe. Also stehe ich jetzt wieder am Anfang. Wer ist bloß der Täter?

Ich hole mein Notizbuch wieder aus der Reisetasche heraus und dabei spüre ich einen leichten Hauch im Nacken.

Ich drehe mich schlagartig um und es ist Sara, die mir neugierig über die Schulter blickt.

»Was machst du da?«, fragt sie.

»In dem Buch stehen alle Recherchen, die ich jemals durchgeführt habe.«

»Du brauchst *unbedingt* eine Auszeit«, meint sie, während sie mich erstaunt ansieht.

Das Wort *unbedingt* betont sie besonders.

Ich lache sie an. Irgendwie hat sie doch recht. Alles wird mir hier zu viel. Ich habe fälschlicherweise meine beste Freundin beschuldigt, nur weil sie ein fast identisches Tuch auf dem Kopf trägt. Meinen Bruder und seine neue Freundin habe ich ebenfalls beschuldigt, weil sie sich seit Jahren nicht blicken ließen. Wen verdächtige ich als Nächstes? Meine Eltern?

Schlagartig werde ich wieder stutzig. Ich denke zu viel darüber nach. Hoffentlich finden wir heute Abend mehr heraus, oder zumindest die Polizei.

Wird denn noch jemand verschwinden, ohne dass es irgendwer mitbekommen würde? Oder ertappt sie den Täter auf frischer Tat?

Die Anspannung in meinem Körper steigt zusätzlich und ich fange an zu zittern. Alles hat einen Grund, aber warum muss man dabei Menschen so quälen?

»Lay?«

Ich drehe mich zu Sara um, die einen schwarzen Windstopper – meinen Windstopper – in der rechten Hand nach oben hält und damit herumwedelt.

»Kennst du ihn noch?«, fragt sie mich und zeigt darauf.

Es ist Ewigkeiten her, dass ich diesen einen Windstopper aus dem Schrank geholt habe. Das letzte Mal, als ich ihn in der Hand hatte, war vor fast einem Jahr, als Sara und ich mal wieder zusammen in die Berge gefahren sind.

Es war so schön, dort mit ihr zu zelten. Der Sonne dabei zuzusehen, wie sie hinter dem Horizont verschwindet und uns selbst ein Lagerfeuer zu entfachen. Es brannte immer so schön groß. Daneben haben wir unsere Decken ausgebreitet und den Sternen dabei zugesehen, wie sie sich langsam drehten, wie wir uns langsam drehten. Das Feuer gab uns die nötige Wärme, um lange Zeit draußen bleiben zu können.

Ach, wie schön war doch diese Zeit. Keine Probleme und wenn wir welche hatten, haben wir sie für einen langen Moment vergessen. Die Nächte waren immer ewig lang und wir vergaßen die Zeit komplett.

»Lay?« Wieder reißt mich Sara aus meinen schönen Gedanken und holt mich auf den Boden der Tatsachen zurück.

»Hast du alles?«, fragt sie mich.

Was brauche ich denn noch? Ich denke, ich müsste alles haben, aber irgendwie kommt es mir so vor, als hätte ich etwas vergessen.

Jedenfalls müssen wir jetzt los.

Meine Armbanduhr zeigt 17:38 Uhr an und wir haben heute noch viel vor.

#XI

Ach, kleine Layla, weißt du, dass du mit deinen Verdächtigungen gar nicht mal so falsch lagst? Schämst du dich denn nicht? Wie konntest du nur? Das verletzt mich zutiefst, doch du siehst es nicht. Du siehst gar nichts um dich herum. Du lebst fixiert in deiner kleinen Welt, in der alles perfekt laufen muss, oder liege ich da etwa falsch, Layla?

Ich kenne dich. Du willst heute abschalten, nicht wahr, Layla? Ich will heute Abend auch abschalten, meine Kleine. Denkst du, es wird dir gelingen? Ich wünschte, du könntest sehen, wie sehr du mich kränkst. Du willst in die Wälder gehen und mich suchen? Denkst du, es wird dir gelingen?

Es ist lange her, dass ich dich so gesehen habe, Layla. Im Wander-Outfit und mit Gepäck, das fast so groß ist wie du selbst. Du hast dich nicht mehr geschminkt, nachdem deine heile Welt zusammengebrochen ist, oder? War dir das Duschen danach wichtiger? Du trägst gar keinen Lippenstift mehr, warum? Rot steht dir doch so verdammt gut, Layla.

Hast du denn jetzt endlich eine Ahnung, wer der Täter sein könnte? Du philosophierst vor dich hin und kommst zu keinem Entschluss. Wie soll das mit uns beiden denn so weitergehen? Kannst du mir das sagen, Layla? Denkst du, Tim war es? Denkst du, Madlen war es?

Das ist naiv, Layla. Du bist naiv.

Träum weiter, kleine, süße Layla.

Acht.

SECHZEHN

17:42 UHR

Sara fährt mit ihrem Auto nach Baumhausen. Ich fahre seit einer Ewigkeit nicht mehr mit dem Auto, seit ich damals fast einen Unfall hatte. Das ist auch gut so, denn ich war nie eine sichere Fahrerin.

Ich finde es super, dass sich Sara doch noch dazu entschlossen hat, mit mir zu kommen. So muss ich nicht allein nach Hause zu meinen Eltern fahren und das hilft mir schon sehr viel.

Zu Hause ist es nie leicht gewesen. Mein Vater arbeitet viel und seit Tim und mein Vater sich so zerstritten haben, dass Tim verschwunden ist, bin ich auch seltener zu Hause gewesen. Ich spreche ab und zu noch mit meiner Mutter, denn sie hat es zu Hause nicht leicht mit den ganzen Männern. Sie musste den gesamten Haushalt immer allein machen und hat uns quasi allein großgezogen. Von unserem Vater hatten wir nie viel, denn wenn er von der Arbeit nach Hause kam, ging er in den Stall und in der Zwischenzeit waren wir schon im Bett.

»Mist!«, fluche ich und Sara wirft mir einen Blick zu.

»Was hast du denn?«, fragt sie mich erschrocken.

»Ich wusste doch, dass ich etwas vergessen habe!«

Sie sieht mich fragend an, da ich sie nicht weiter beachte, und legt dabei eine Hand auf meine Schulter.

»Soll ich zurückfahren? Was hast du denn vergessen?«

»Nein. Ich habe nur vergessen, meiner Mutter Bescheid zu geben, das ist alles.«

»Oh«, lächelt sie, »ich denke, Helene und Johann freuen sich bestimmt, mich wiederzusehen.«

In meinem Gesicht erscheint ein kleines Schmunzeln.

»Da wirst du wohl recht haben, Sara«, lächle ich.

»Notfalls habe ich ein Zelt, einen Schlafsack und Decken mit, falls du es dir anders überlegen solltest.« Abermals schaut sie zu mir und ihr Lächeln wird größer, so als hätte sie meine Gedanken gelesen.

Ich frage mich immer noch, wie ich sie auch nur für einen kurzen Augenblick verdächtigen konnte. Was hat sie wohl sonst heute noch vorgehabt, weil sie mir nicht gleich zusagen konnte? Das *Date* scheint zerplatzt zu sein und ich bin die zweite Wahl.

Sara setzt sich ihre blaue Sonnenbrille auf und erhöht die Lautstärke beim Radio. Sie öffnet das Fahrerfenster und lehnt die Hand auf den Türrahmen. Wie ein kleines Kind hält sie die Handfläche aus dem Fenster und lässt sie mit dem Fahrtwind gleiten.

Durch den Schub des kühlen Windes bekomme ich einen kleinen Hauch von ihrem Parfum in die Nase. Der neue Duft, den sie erst vor Kurzem gekauft hat, schmeckt sehr süßlich und hat einen markanten, bitteren Nachgeruch.

Mit lautstarker Stimme beginnt sie das Lied mitzusingen, das gerade im Radio läuft. Sara kann gut singen und ihre Stimme ist so beruhigend.

Wenn ich die Augen schließe, während sie singt, kann ich in eine andere Welt eintauchen und diese hier für einen Moment vergessen.

»Freust du dich, Lay? Ich freue mich wie ein Kind darauf. Kannst du dir das vorstellen?«

Ich kann ihr auch ansehen, dass sie sich freut. In unserem Auto herrscht gerade eine starke Sommerfeeling-Aura, obwohl wir Ende März haben. Das finde ich super. Es fühlt sich so an wie damals, als wir uns kennengelernt und miteinander unseren ersten Campingausflug gemacht haben.

Auf dem Weg nach Baumhausen wird es zunehmend dunkler. Die Sonne verschwindet immer wieder und immer häufiger hinter den hohen Bäumen. Einzelne Berge werfen Schatten, die gesamte Straßenabschnitte bedecken. An diesen Stellen wird es zunehmend kälter und düsterer. Wo hingegen die Sonne scheint, ist die Luft wärmer und ein geborgenes Gefühl erfüllt mich.

Die Straße wird immer schmaler und ich kann von Weitem schon den Kirchturm vom Dorf sehen. Ich weiß noch ganz genau, wie ich jeden Sonntag mit meiner Mutter und meinen drei Brüdern in die Kirche gegangen bin. Wir wurden immer sehr herzlich empfangen und es hat mir damals echt gutgetan.

Finn ist nicht gläubig. Deswegen sind wir, seit wir nach Reimberg gezogen sind, nie in die Kirche gegangen. Ich habe ihn auch nie versucht umzustimmen, warum auch? Es ist seine Entscheidung und die akzeptiere ich.

Wir fahren bei der neuen Feuerwehrhalle vorbei, die vor einem Jahr gebaut wurde.

In der Mitte des Turmes ragt ein großer, lila Diamant hervor. Das Dorf ist nämlich für die kleinen runden Kristalle bekannt. Als kleines Kind habe ich sehr viele Kristalle gefunden und alle zu Hause in einer Vitrine aufbewahrt. An dem großen Kristall vorbeigefahren, erstreckt sich eine Wiese, die talabwärts zeigt. Mitten auf der Wiese steht eine kleine Holzhütte. Vermutlich befinden sich in ihr wie bei uns Geräte oder alte Sachen, die zu Hause nicht mehr gebraucht werden und dort nur herumliegen.

Die Straße zu unserem Hof ist sehr eng und diese bin ich lange nicht mehr hinuntergefahren. Sie ist jetzt in einem noch schlechteren Zustand als vor einem Jahr, als ich das letzte Mal hier war. Mit den Jahren hat sie sich wohl dem Erdboden gleichgemacht und das fällt mir erst jetzt so richtig auf.

Würde uns jetzt ein Auto entgegenkommen, müsste einer von beiden ausweichen. Sara ist eine sichere Fahrerin und kommt mit dem Auto ziemlich gut zurecht. Deshalb mache ich mir darüber keine Sorgen.

»Ich hatte ganz vergessen, wie schön es hier bei euch doch ist!«, sagt sie mit erstauntem Gesicht.

Ich kann die Gänse, die uns schon von Weitem wahrgenommen haben, bereits schreien hören. Als kleines Kind hatte ich meine eigenen zwei Gänse, die nur mir gehörten. So wollte mir meine Mutter Verantwortungsbewusstsein eintrichtern, was auch geklappt hat.

Lisa und Liselotte hießen meine zwei Schreihälse. Sie waren wie Hunde, die ich an die Leine nehmen musste, damit sie nicht beißen.

Wohin ich auch ging, sie sind mir durch das ganze Dorf hindurch auf Schritt und Tritt gefolgt. Schönere Erinnerungen an meine Kindheit kann ich mir nicht vorstellen.

»Das wird ein wunderschöner Abend, Lay!« Sara ist schon ganz aufgeregt.

Das habe ich daran gemerkt, dass sie sich rasch abgeschnallt, aus dem Auto rausgesprungen und sich davorgestellt hat. Sie steht vor dem Auto einfach nur rum, hat ihre Augen geschlossen und lässt die Wärme der Sonnenstrahlen und den kühlen Bergwind auf sich wirken.

Ich steige aus dem Auto aus und gehe über die Terrassenfliesen zum Holzgeländer. Das Holz hat sich durch den vielen Regen ziemlich abgesplittert, aber das ist egal. Das gehört auf einem alten Hof einfach dazu!

Die Aussicht von hier ist atemberaubend. Ich habe ganz vergessen, dass ich von hier aus Reimberg sehen und das Tal beobachten kann, wie es sich nach draußen in die Weite zieht. Die Sonne ist etwas unterhalb vom Hof und oberhalb unserer Hofwiese schon verschwunden.

Ich kann mich noch gut daran erinnern, als Finn und ich in unsere erste gemeinsame Wohnung in Reimberg gezogen sind. Immer wenn wir nach Baumhausen gefahren sind, hat meine Oma mich schon von Weitem gehört und bei jedem Besuch haben sich die Gardinen geöffnet.

Ich blicke zum Fenster. Die Gardinen bewegen sich nicht mehr.

Es ist lange her, seit sie sich das letzte Mal bewegt haben, und es macht mich umso trauriger, dass sie entfernt worden sind. Die Wohnung steht leer, seitdem meine Oma gestorben ist, und es möchte auch niemand darin einziehen.

Ich senke meinen Kopf und blicke auf die Kieselsteine, die vor der Garage einen Weg bilden. Alles verschiedene Farben und Formen, darin auch eine Reifenspur.

»Lay, alles okay?« Sara sieht mich an, als wüsste sie ganz genau, woran ich gerade gedacht habe.

»Ja, alles gut. Ich freu mich wieder hier zu sein.« Ich blicke zu ihr und lächle sie an.

Ich kann den Schmerz, diese Leere in mir immer noch fühlen wie an dem Tag, als sie von uns gegangen ist. Der Atem stockte mir und mein Herzschlag schoss nach oben. Ich bekam keine Luft mehr, als würde mir jemand die Kehle abschnüren und wieder loslassen. Es war eines der schlimmsten Gefühle, die ich jemals hatte.

Der Verlust eines geliebten Menschen ist unerträglich. Es fühlte sich so an, als hätte mir jemand mein Herz aus der Brust gerissen, es auf den Boden geschmissen, draufgetrampelt und wieder eingesetzt. Es schmerzte so sehr, als hätte jemand mich entzweigerissen und dann wieder zusammengenäht.

In Erinnerungen vertieft höre ich den schweren Türgriff, der nach unten gedrückt wird. Ich drehe mich zur Tür und meine Mutter steht darin. Mama sieht nicht gut aus. Sie hat seit dem letzten Besuch ziemlich abgenommen. Vielleicht war ich nicht genug für sie da? Ich war so versunken und vertieft in meine Probleme, dass ich ihre gar nicht wahrgenommen habe.

Super, Layla. Du machst aber echt auch alles falsch. Ich gehe zu ihr und nehme sie ganz fest in den Arm.

»Mama, ich liebe dich«, flüstere ich ihr zu.

»Ich dich doch auch, mein Schatz. Ist etwas passiert?«

Ich schüttle meinen Kopf und drücke sie noch fester. Dann lasse ich sie endlich los.

»Gut siehst du aus, Layla. Du hast Sara mitgebracht? Das freut mich.« Sie wendet den Blick von meinem Gesicht ab und sieht über meinen Kopf hinweg zu Sara.

Sara ist für sie wie eine zweite Tochter, die sie nicht hatte. Auf Anhieb verstanden sich die beiden blendend und wurden sogar gute Freundinnen.

»Hallo Helene. Es freut mich, dich wiederzusehen. Es ist sehr viel Zeit vergangen, seitdem wir uns das letzte Mal gesehen haben.«

Sie geht jetzt auch auf Sara zu und nimmt sie in den Arm.

»Hübsch siehst du aus, Sara. Was habt ihr beiden Mädels denn heute noch vor? Ihr wisst doch, dass ihr das Haus nicht verlassen dürft, oder?« Ihr Blick mustert uns, erst Sara, dann dreht sie sich zu mir um. Sie zieht eine Augenbraue nach oben und scheint genau zu wissen, was wir vorhaben.

»Versteht ihr mich? Das dürft ihr nicht und ihr werdet heute nur über meine Leiche irgendwo hingehen«, sagt sie mit ernster Stimme und blickt dabei zu mir.

Ernst wendet sie den Blick wieder von mir ab und starrt Sara direkt ins Gesicht. Sara dreht sich zu mir.

»Mama, du weißt, dass mich das noch vor nichts aufgehalten hat, oder?«, belächele ich sie.

»Ich meine es ernst, Layla. Und wenn ihr nicht auf mich hört, dann bin ich wohl oder übel dazu gezwungen, der Polizei Auskunft zu geben.«

»Ja Mama, verstehe.« Ich drehe mich zu Sara um und zwinkere ihr zu.

Ich denke nicht, dass uns die Polizei in die Quere kommt. Dann müssen wir das eben machen, wie ich das damals immer als kleines Kind mit meinen Brüdern gemacht habe. Durch das Fenster.

Erst jetzt bemerke ich, dass ein weiteres Auto etwas abgelegen drüben hinterm Haus parkt.

»Ihr habt ein neues Auto?«, frage ich meine Mutter, da ich es auf Anhieb nicht identifizieren kann.

»Nein, Layla, weißt du, wer sich wieder gemeldet hat?«, lächelt sie und sieht rüber zum Auto.

»Tim?«, frage ich.

»Ja .....« Sie sieht mich fragend an und ist dabei sichtlich überrascht.

So etwas hat sie sich wahrscheinlich schon erwartet, aber dennoch schockiert es sie. Ich nehme ihr die Frage vorweg und beantworte diese.

»Tim und Madlen habe ich heute im Park in Reimberg getroffen. Ich weiß nicht, wie sie mich gefunden haben, aber sie haben mich gefunden. Ist Papa auch da?« Ich puste die Luft hörbar nach draußen.

»Layla, du weißt doch, dein Vater arbeitet sehr viel und lange. Er wird erst spätabends kommen. Vor allem jetzt, wo der Tag lang ist, wird er diesen nutzen.«

Tim wusste, dass ich heute in Baumhausen bin. Was macht er also hier? Und was macht sie hier?

Verfolgt er mich? Nicht, dass ich mich nicht freuen würde, aber ich kann es nur nicht verstehen, warum sie so schlagartig hier auftauchen.

Tim und mein Vater haben sich dauernd gestritten. Als mein Vater Tim die Firma übergeben wollte, ist alles ausgeartet. Schon damals, als Tim unter der Fuchtel von meinem Vater gearbeitet hat, lief alles drunter und drüber. Die beiden haben miteinander kein Wort mehr geredet, außer es ging um die Arbeit und selbst da nur das Nötigste.

Als dann der Zeitpunkt gekommen ist, dass Tim ausgelernt war und sich dann über meinen Vater stellte, war Schluss. Ich kann Papa verstehen, warum er ihm diese Verantwortung nicht geben wollte. Er hat schon früh gemerkt, dass Tim kein Führungspotenzial hat und er auch zunehmend schlechter wurde.

Der Druck, die Firma des eigenen Vaters zu übernehmen und diese nicht in den Ruin zu treiben, zerbrach Tim. Immerhin wurde ihm das in die Wiege gelegt und mein Vater hatte große Anforderungen an ihn. Tim wurde mit der Zeit zunehmend aggressiver und beleidigender, auch mir gegenüber. Er war immer mein Vorbild und dieses konnte ich scheitern sehen.

»Ist Ben zu Hause?«
Ben ist der zweite Sohn der Familie. Er hat den geschlossenen Hof geerbt. Leider darf auf einem geschlossenen Hof nur ein Kind bleiben, das diesen auch führt. Der Rest muss gehen.

»Ben ist noch auf der Baustelle mit deinem Vater.«

»Und wo sind Tim und Madlen?«

»Oben in der Küche.« Sie dreht sich dabei um und zeigt auf das obere Fenster mit den Orchideen.

Meine Mutter liebt ihre Orchideen, die sie immer wieder bekommt. Zum Muttertag, zum Geburtstag und zum Namenstag. Mittlerweile ist auch das Fenster, das sich im Wohnzimmer befindet, voll mit Orchideen.

»Schlafen sie heute hier?«, frage ich mit ernster Mimik.

»Layla, wir haben doch Platz genug, das weißt du doch. Ich werde kein Kind verschicken, das wieder zurückkommt.«

Ich verstehe sie doch. Sie hat Tim seit acht Jahren nicht mehr gesehen, gleich wie ich. Aber was will er hier? Jetzt und genau heute?

#XII

Ach, freust du dich denn nicht, deinen Bruder wiederzusehen, Layla? Sag mir doch einfach, warum? Warum kannst du ihn nicht mehr sehen? Warum willst du ihn nicht mehr sehen?

Du hast dich doch immer wieder bei ihm gemeldet, in der Hoffnung, dass er einmal, nur ein einziges Mal reagiert und jetzt, wo er da ist, passt es dir nicht mehr?

Layla, das ist sehr schade. Ich weiß nicht, was ich machen könnte, damit du glücklich bist. Du bist schwer zufriedenzustellen. Weißt du das, Layla? Du siehst die Welt so, wie sie ist. Grausam, brutal und voller Enttäuschungen.

Irgendwie klappt es gerade nicht, dass du in deiner heilen Welt leben kannst, oder Layla? Ich merke es dir an. Dir geht es beschissen.

Ist es denn nicht schön, wieder in Baumhausen zu sein? Deine Mutter freut sich. Warum freust du dich denn nicht?

Lass uns auf heile Welt machen und die Sorgen für einen Moment lang vergessen. Wäre das denn nichts für dich, Layla?

Ich weiß, dass du mich heute Abend trotz Ausgangssperre suchen willst und ich hoffe, du hast Erfolg dabei. Oh, du wirst Erfolg haben, kleine Layla, denn du wirst meine Nächste sein.

Sieben.

SIEBZEHN

18:58 UHR

Tim und Madlen sitzen, wie schon erwartet, in der Küche. Tim hat sich auf den Holzstuhl mit der Kunstlederfläche gesetzt und Madlen hinter die Eckbank. Ihre Blicke treffen sich, bevor sie mich wahrgenommen haben. Sie blicken in meine Richtung.

»Hallo Tim und Madlen, lange nicht mehr gesehen.« Spöttisch blicke ich zu Sara, damit sie die Ironie darin versteht.

Sara kennt Tim noch nicht, geschweige denn Madlen. Ich wende mich zu Sara, um ihr meinen Bruder und seine Freundin vorzustellen. Dabei halte ich meine Handfläche beim Vorstellen immer auf die jeweilige Person.

»Sara, das ist Tim, mein Bruder. Tim, das ist Sara, meine beste Freundin. Sara – Madlen, die Freundin von Tim. Madlen – Sara.«

Nach der schnellen Vorstellung gehe ich auf den Balkon und muss nachdenken. Ich wäre jetzt gerne allein. Die Sonne ist schon beinahe hinter dem Berg verschwunden und es ist jetzt etwas frischer geworden. Was soll ich bloß machen?

Soll ich meinen Eltern vom Kind erzählen, oder nicht? Und Tim? Er wird Onkel, aber hat er es verdient, es zu wissen?

Mein Kopf dröhnt und mir wird schlecht. Ich glaube, ich muss mich übergeben, denn es wird zunehmend schlimmer. Ich renne nach drinnen und an Sara und meiner Mutter vorbei.

»Sorry«, bringe ich noch rasch heraus, bevor ich an ihnen vorbeistürme und zur Toilette renne.

Es fühlt sich so an, als würde ich mir die Seele aus dem Leib kotzen und es wird noch schlimmer. Mir wird schwindlig und schwarz vor Augen. Ich versuche, mich an der Schüssel festzuhalten, was mir auch gelingt, bis ich langsam wieder etwas sehen kann. In meinen Ohren ist ein Piepsen zu hören, das durch meinen Schädel hallt und die Situation verschlimmert.

Ich versuche, mich wieder zu fassen, damit ich mir vom Wasserhahn etwas Wasser ins Gesicht spritzen kann. Ich trinke einen Schluck vom Hahn und sehe mich im Spiegel an. Ich fühle mich heiß an, so als hätte ich Fieber, aber das bilde ich mir bestimmt nur ein.

So, Layla, das ist wahrscheinlich nur die Schwangerschaft. Dir geht es ansonsten gut.

Ich nehme das rote Handtuch, das auf einem eisernen Haken in der Wand hängt, und tupfe mir die Wangen trocken.

Ich atme einmal tief ein und öffne die Tür, die ich vorhin aus Reflex mit voller Wucht zugeschlagen habe. Vor der Tür warten bereits Sara, meine Mutter und Tim mit einem fragenden Blick in ihren Gesichtern auf mich.

»Layla, bist du krank?« Nur meine Mutter bekommt einen Satz über ihre Lippen, nachdem mich alle kreidebleich sehen.

Ohne irgendetwas sonst in Erwägung zu ziehen, bestätige ich es mit einem Nicken. Ich habe gerade in diesem Moment beschlossen, dass ich die Schwangerschaft noch etwas für mich behalten werde. Es ist noch nicht der richtige Zeitpunkt dafür, die Neuigkeit zu verkünden. Nicht jetzt und nicht hier.

Sara sieht mich so an, als hätte sie mehr von mir erwartet. Sie hofft wahrscheinlich, dass ich ihnen die gute Nachricht schon erzähle, aber es ist noch zu früh. Die ganze Situation überfordert mich. Wie soll ich denn ein Kind in dieser kaputten Welt zur Welt bringen? Ist es denn richtig? Wir wollten es, ja, aber jetzt fange ich an zu zweifeln. Was, wenn etwas schiefgeht? Was, wenn etwas passiert?

»Ich muss raus.« Ich stürme an ihnen vorbei nach draußen.

Ich brauche jetzt einfach nur Zeit für mich. Ich muss meine Gedanken ordnen und nachdenken.

Früher, als ich noch klein war und hier gewohnt habe, bin ich immer an den Hausener Teich gegangen. Dort hatte ich meine Ruhe und konnte mich konzentrieren. Abends gingen immer die Lichter um den Teich an und spiegelten sich darin. Im Sommer konnte ich den Fröschen beim Laichen zusehen und zuhören. Auch die Grillen konnte ich hören, wie sie ihre kleinen Beinchen aneinanderrieben und so dieses Konzert veranstalteten.

Draußen ist es mittlerweile dunkel geworden und ich kann nur mithilfe der Straßenlaternen etwas sehen. Die

Luft ist kälter und leichter Nebel zieht über den Horizont durch die Straßen. Ich weiß nicht, ob ich mir das einbilde, aber ich habe das Gefühl, dass ich beobachtet werde. Doch das ist absurd.

Die Straßen sind leer. Keine Menschenseele ist zu sehen. Nur den Teich kann ich schon von hier erblicken. Durch die Laternen erstrahlt er in Gelb und die gesamte Wasseroberfläche reflektiert die Lichter.

Ich gehe den Kieselweg entlang bis hin zur nächsten Bank, setze mich darauf und hole mein Notizbuch heraus. Ich kann meine Schrift durch das schwache Licht schlecht lesen. Recht viele neue Informationen stehen seit dem letzten Mal auch nicht drinnen. Nur meine leeren Theorien zu: *Warum und weshalb?*

Der Teich ist durch einen Holzzaun geschützt, damit niemand aus Versehen reinfallen kann, und dennoch sind überall Rettungsringe angebracht.

Ich schrecke auf.

Als ich auf die andere Seite des Teiches blicke, erkenne ich eine schwarze Gestalt, die auf dem Kieselweg direkt auf mich zukommt.

Warum sollte sich jemand noch zu dieser Zeit hier aufhalten? Es ist doch verboten. Es scheint, als hätte *er* dasselbe vor wie ich. Einfach nur abschalten und die Stille am Teich genießen.

Er sieht zu mir.

Ich sehe zu ihm.

Er trägt ein schwarzes Outfit, das sich in den kleinen Laternen spiegelt. Keine Aufschrift. Jedenfalls kann ich es von hier nicht erkennen.

Ruckartig steht *er* auf und geht auf den Zaun zu. Was hat *er* vor? Will *er* hineinspringen? Will *er* sich umbringen?

»Hey«, schreie ich, »was haben Sie vor?«

Geschockt stehe ich auf und gehe ebenfalls zum Zaun, damit ich mir ein besseres Bild über die ganze Situation machen kann.

Er starrt ins Wasser und beobachtet die Goldfische, die sich darin bewegen. Viele kleine und große, die ich jetzt umso besser sehen kann. Das Wasser plätschert auf der anderen Seite in den Teich. Mehr ist auch nicht zu hören.

Ich blicke auf und *er* sieht abermals zu mir. Sein Gesicht ist schwarz vom Schatten der Kapuze, die *er* über die Hälfte des Gesichts gezogen hat. Der Unbekannte starrt und sagt kein Wort.

Plötzlich hebt *er* seine Hand und zeigt mit seinem schwarzen Handschuh auf mich. Einfach so, ohne ein Wort zu sagen.

Daraufhin packe ich hastig meine sieben Sachen wieder ein und begebe mich zur Hauptstraße. Ich blicke zurück. Die Person steht immer noch da und ihr Finger verfolgt mich. Sie sieht mich an. Ich kann erkennen, wie sie direkt in meine Richtung starrt.

Ein Schauer überkommt mich und läuft meinen Rücken nach unten. Verdammt, ich habe mein Messer zu Hause in meinem Rucksack liegen lassen.

Meine Schritte werden schneller, als ich die Kieselsteine wieder hinter mir höre. Wie er oder sie einen Schritt nach dem anderen macht, ist in dieser Stille gut zu erkennen.

Die Schritte der Person werden zunehmend schneller und auch ich beginne zu rennen.

Ich muss hier weg und zwar so schnell wie möglich. Die Hauptstraße hier ist abgelegen vom Dorf und kaum befahren. Das stört mich in diesem Moment extrem. Mein Puls steigt schlagartig und mein Herz rast.

Ich wollte doch nur etwas Ruhe genießen. Muss ich jetzt dafür mit meinem Leben bezahlen? Ich habe Angst. Tränen überkommen mich und ich versuche zu schreien. *Hilfe!* Aber meine Stimme verstummt. Ich bekomme keinen Ton raus und mein Atem stockt.

Ich höre die Schritte hinter mir. Sie kommen immer näher, aber ich will mich nicht umdrehen. Ich renne so schnell ich kann.

Meine Seite schmerzt schon vom Laufen und ich kann kaum noch atmen, als ich endlich auf die Hauptstraße komme. In der Ferne kann ich Blaulichter erkennen. Es muss die Polizei sein, die schon jetzt eine Kontrollfahrt macht. Ich renne den Lichtern entgegen und hoffe, dass ich schneller bin als *er*.

Mit meinen Händen fuchtle ich wie wild umher. Damit will ich den Polizisten signalisieren, dass ich Hilfe brauche, aber sie sind noch so weit entfernt und kommen aus meiner Sicht sehr langsam auf mich zu. Zu langsam.

»Hilfe!«, schreie ich, als sie schon fast bei mir angekommen sind. Ich renne immer noch und meine Fußsohlen fangen an zu brennen.

Immer schneller renne ich direkt auf sie zu und ihre Lichter erhellen die ganze Nacht.

»Was machen Sie denn hier draußen ganz allein?«

»Ich bin nicht allein«, schnaufe ich, als wäre ich gerade einen Marathon gelaufen, »sehen Sie denn nicht ...« Ich drehe mich nach hinten um, zeige mit dem Finger auf die Straße, doch da ist niemand.

Die Straße ist leer. Es sieht so aus, als wäre nie jemand hinter mir her gewesen, als hätte mich nie jemand verfolgt.

»Ich schwöre, da war jemand. Oben am Teich kam der Unbekannte mir entgegen und hat mich bis hierher verfolgt. Ich konnte ihn sehen und hören, bitte glauben Sie mir doch.«

»Steigen Sie ein. Wir bringen Sie nach Hause.«

Als wir am Teich vorbeifahren, erhellen die Lichter die gesamte Fläche. Die Bänke sind leer und niemand ist zu sehen. War das der Mörder? Oder habe ich mir doch alles nur eingebildet? Ich wische mir meine Tränen aus dem Gesicht und versuche mich wieder zu beruhigen.

Layla, du bist in Sicherheit. Dir kann nichts mehr passieren und für später überlegst du dir nochmals gut, ob du wirklich der Sache auf den Grund gehen willst oder es einfach sein lässt. Vielleicht wäre es besser, für heute alles zu vergessen und alles stehen und liegen zu lassen. So wie Noah gesagt hat: Wir informieren nur. Morde sind eine Sache der Polizei.

Mir ist kalt und ich schwitze. Was soll ich jetzt tun? Schlafen? Ich kann doch nicht einfach so tatenlos zusehen, aber ich will mich auch nicht in Gefahr bringen. Immerhin trage ich Verantwortung für ein zweites Leben, das in mir heranwächst.

»Sie wissen doch, dass Sie zu Hause bleiben müssen, oder?«, fragt der Polizist, der auf der Beifahrerseite sitzt.

»Ja, ich brauchte nur etwas frische Luft. Es tut mir leid.«

»Frische Luft an einem solchen Tag wird Ihnen nicht guttun.«

»Ja, ich weiß«, nuschle ich und drehe mich zum Fenster.

Es ist dunkler geworden und der Vollmond scheint durch den Nebelschleier. Es sieht gespenstisch aus und passt zum ganzen Szenario. Was wollte diese Person von mir? Ich habe doch mit niemandem Probleme, oder doch?

Sara wartet schon vor der Haustür auf mich. Was wird sie von mir denken? Ich haue ab und lasse sie allein bei meiner Familie, tauche dann plötzlich wieder auf und das mit der Polizei und völlig verwirrt.

»Es war wirklich nett von Ihnen, dass Sie mich nach Hause gefahren haben.«

»Keine Ursache, aber bleiben Sie ab jetzt bitte zu Hause. Ansonsten müssen wir Sie bis morgen nach Reimberg in die Ausnüchterungszelle bringen.«

Ich sehe seinen ernsten Blick, der mich durch den Rückspiegel mustert. Der Polizist macht mir Angst und lässt mich zunehmend unwohler fühlen. Dennoch kann ich verstehen, warum er das gesagt hat.

»Vielen Dank!«, verabschiede ich mich und knalle unbeabsichtigt die Tür des Polizeiwagens zu.

»Lay, wo warst du? Was machst du mit der Polizei hier? Ist etwas passiert?«

Ganz erschrocken starrt sie mich an und streckt mir ihre Hand entgegen. Wie ein kleines Kind bittet sie mich, diese zu nehmen.

»Lass uns erst mal reingehen, dann kannst du mir in Ruhe erzählen, was passiert ist.«

Ich blicke die Straße hinauf und bemerke, dass der LKW meines Vaters hier ist. Er muss in der Zwischenzeit gekommen sein und mich würde interessieren, wie sich Tim und er begegnet sind.

»Der Mond scheint heute so schön, Sara. Siehst du? Jeder einzelne Krater ist erkennbar.«

»Lay, du bist ja ganz verschwitzt. Komm erst mal rein, sonst erkältest du dich noch.« Sie dreht sich um und geht zur Eingangstür.

»Sara?« Sie dreht sich wieder zu mir um. »Ich weiß nicht, ob es heute so eine gute Idee ist, in den Wald zu gehen.«

Sara sieht mich schockiert an und will gerade etwas sagen, als sich die Tür öffnet und meine Mutter herauskommt.

»Layla, wo warst du?«, fragt meine Mutter und kommt auf mich zu, »du siehst nicht gut aus. Willst du einen Tee? Komm, ich mache dir eine Bettflasche.«

»Mir geht es gut, Mama. Wirklich, ich komm zurecht.«

»Dein Vater ist da. Er wird sich bestimmt freuen, dass du hier bist«, sagt meine Mutter zu mir.

Sie betritt das Haus und ich kann durch das Fenster beobachten, wie sie nach oben geht. Alles wird wieder still und für einen Moment lang ist diese Stille sogar angenehm.

»Wie kommt der Sinneswandel, Lay? Du wolltest es doch unbedingt.« Saras Gesichtsausdruck spricht Bände.

Es ist eine Mischung aus enttäuscht und traurig. Sie hat sich anscheinend sehr darüber gefreut und diese Freude habe ich ihr entrissen.

»Wir reden später darüber, Sara. Okay?«

Ein warmer Wind weht mir entgegen, als ich die Haustür öffne. Im Treppenhaus steht immer noch das Reh, das mein Vater damals bei der Heuarbeit verletzt und dann ausgestopft hat. Ich gehe die Treppe nach oben und beobachte das alte Stiegengeländer aus Stahl, das mit kleinen Blättern verziert ist. Es ist alt und wurde seit dem Hausbau nicht mehr renoviert.

Tim und mein Vater sitzen stillschweigend in der Küche, als ich die Tür öffne.

»Hallo Papa, lange nicht mehr gesehen!«

»Layla, was für eine Überraschung. Wie geht es dir?« fragt er mich.

»Gut, danke. Worüber habt ihr gerade geredet?«, frage ich neugierig, da beide sehr ernst schauen und kein Wort gesagt haben, als ich hereingekommen bin.

»Gar nichts, Layla«, antwortet Tim, »es wird Zeit, dass Madlen und ich wieder gehen. Ich merke, dass wir hier unerwünscht sind und ich wollte keine Unruhe stiften.«

Tim steht auf und geht ins Wohnzimmer, wo Madlen bereits auf der Couch sitzend auf ihn wartet. Von meinem Vater kommt immer noch kein Wort. Er sieht bloß zu, wie Tim Madlen die Jacke reicht, er sich seine anzieht und aus der Wohnungstür verschwindet.

Fassungslos blicke ich auf das ganze Szenario und erhoffe mir, dass von meinem Vater irgendeine Reaktion kommt. Vergebens. Er wendet den Blick von dem jetzt leeren Flur ab und liest die Zeitschrift weiter, die er vor sich liegen hat.

Rasch gehe ich die Treppe nach unten und Madlen und Tim hinterher. Dabei übersehe ich die letzte Stufe, stolpere und knalle gegen die Eingangstür.

»Aua«, fluche ich und halte mir mit der Hand die Seite, auf die ich gestürzt bin.

»Tim!«, schreie ich in die Dunkelheit hinein, von der ich keine Antwort bekomme.

Zwei Lichter erhellen die Dunkelheit. Es sind die Lichter von Tims Auto, die rasend auf mich zukommen und an mir vorbeihuschen. Wann werde ich ihn wiedersehen? Werde ich ihn überhaupt irgendwann mal wiedersehen oder verschwindet er wieder für Jahre?

»Super Familienzusammenführung, grandios. Wenn ich es nicht anders wüsste, könnte man doch glatt denken, dass ich für das ganze Schlamassel hier zuständig bin.«

Ich kicke einen größeren Kieselstein, der sich auf der mit Schotter bedeckten Straße befindet, nach unten.

Ein Kieselstein wird zurückgeschossen.

»Hallo?«, frage ich vorsichtig in die Nacht.

Die Straßenlaternen erhellen die Dunkelheit zu wenig, sodass ich niemanden auf der Straße, die um den Hof führt, erkennen kann. Ist er mir bis hierher gefolgt? Wie ist das möglich?

Ich schrecke auf, als ich plötzlich Schritte hinter mir höre. Ich drehe mich ruckartig nach hinten um und will schon ausholen, als ich eine bekannte Stimme höre.

»Layla?«

Ich kann meine Mutter kaum erkennen. Nur die Umrisse, die der Mond von ihr zeigt, kann ich sehen.

»Komm ins Haus, es wird sich bestimmt alles wieder legen. Dein Vater hatte einen langen Tag und es geschah alles ziemlich plötzlich. Vergib ihm, aber es braucht seine Zeit.«

»Seine Zeit?« Mit vorsichtigen Schritten gehe ich auf meine Mutter zu. »Zeit hatten die beiden schon genug. Wie lange soll die ganze Geschichte denn noch so weitergehen? Ist wirklich kein Ende in Sicht?«

Meine Stimme wird aufgrund der gesamten Situation immer wütender und mein Puls steigt zunehmend. Nur weil mein Vater meinem Bruder den Fehler nicht verzeihen kann, leidet die ganze Familie mit, oder was?

Schluss damit. Ich setze dem jetzt ein Ende.

»Verzeih mir Mama, aber ich habe genug. Genug von der ganzen Situation! Tim taucht nach acht Jahren wieder auf, versucht sich mit ihm zu versöhnen und was macht er? Nichts. Einfach nichts. Ich habe genug.«

»Layla, bitte. Beruhige dich.«

Ich weiß nicht, ob in mir die Hormone gerade Achterbahn fahren, aber so geladen war ich selten. Es fühlt sich so an, als würde ich gleich explodieren, wenn ich nicht irgendetwas habe, was ich zerstören kann.

Mit einem Puls von 180 stürme ich ohne weiter nachzudenken an meiner Mutter vorbei, durch die Haustür direkt nach oben zur Wohnungstür. Es kann schon sein, dass die Hormone gerade wie wild spinnen, aber es fühlt sich in diesem Moment einfach richtig an.

Allein und ohne den Platz verlassen zu haben, sitzt mein Vater noch da auf der Eckbank.

Er sieht mich an, als ich die Tür aufreiße und kann sich wahrscheinlich schon denken, was jetzt kommen wird.

»Papa, es reicht!«

Meine Predigt beginnt und mein Vater hört mir gespannt zu.

#XIII

Ach Layla, wie schön das Wasser am Teich doch ist, oder nicht? Ich kann mich dank der Lichter darin spiegeln und es sieht so aus, als würde ich im Wasser liegen. Weißt du eigentlich, dass ich mich sogar schon fast vor mir selbst fürchte?

Genießt du die Stille? Die Stille, in der wir nur den kleinen Wasserfall hören können. Der Wasserfall, der den Teich immer wieder füllt.

Sag mir, kleine Layla, kannst du darin auch die Fische erkennen? Es müssen sicher ein Dutzend sein, die sich in deinem Spiegelbild verstecken. Denkst du, sie würden dich fressen, wenn ich dich mit Steinen auf dem tiefsten Punkt des Teiches platzieren würde? Die Stelle müsste tief genug sein, damit niemand die Person erkennen und finden kann. Ich schätze, es müssten ungefähr drei Meter sein.

Warum bist du denn vor mir weggerannt? Wir haben doch für einen kurzen Augenblick die gesamte Welt vergessen, oder nicht Layla? In deiner kleinen Traumwelt, in der alles perfekt ist – nur ich war da.

Du willst mich doch heute suchen kommen und ich habe dich gefunden, Layla. Hast du Angst? Ich kann deine Angst fühlen. Sie war stark, sehr stark.

Willst du mir denn nicht verraten, warum es dir so schlecht geht? Wann willst du ihnen denn erzählen, dass du schwanger bist und ein Kind erwartest? Gleich schön wie du und hoffentlich auch so intelligent und stur wie du.

Layla? Ich habe dich gern bei mir, weißt du? Dann wärst du mein und das für immer. Kommst du heute Abend wieder zu mir? Kommst du in den Wald, um mich zu suchen?

Layla, ich lasse mich nicht finden, wenn ich nicht gefunden werden will, hörst du? Du kannst mich finden, wenn ich es zulasse, und du wirst mich finden, wenn ich will.

Schön, dass heute die Polizei hier ist. Das macht die ganze Sache aber nicht leichter und auch nicht schwieriger. Was wollen sie damit denn bezwecken? Die Wälder hier sind unendlich und noch weit darüber hinaus.

Weißt du, Layla, warum sie den kleinen Paul immer noch nicht gefunden haben? Weißt du, wo er ist? Soll ich es dir verraten? Denkst du, er lebt noch oder hast du bereits alle Hoffnungen aufgegeben?

Eines weiß ich. Die Eltern von dem kleinen Paul gehen immer wieder in den Wäldern spazieren und rufen jedes Mal seinen Namen.

Paul

Paul

Und mit jedem Mal, wo sie den Namen rufen, verblasst ihre Stimme immer mehr. Ich kann ihren Schmerz fühlen und ab und zu dringt er auch in meinen Körper ein. Das macht aber nichts, Layla.

Layla, es ist schön, dass du mich endlich sehen kannst, weißt du. Das freut mich und ich freue mich auf dich.

In Liebe, dein Mörder.

Sechs.

ACHTZEHN

20:18 UHR

»Papa, warum musst du so eiskalt sein? Interessiert es dich denn nicht, wo Tim die ganze Zeit war? Ganz egal, was auch passiert ist, er ist immer noch dein Sohn und mein Bruder. Mein Bruder, den ich seit Ewigkeiten nicht mehr gesehen habe und jetzt, wo er da ist, vergraulst du ihn wieder? Schämst du dich denn nicht? Alles, was ich jemals wollte, war, dass wieder alles normal wird. Dass wieder Frieden in dieses Haus einkehrt, aber das ist ja anscheinend nicht möglich, oder doch?«

Tränen überströmen mein Gesicht. Ich handle gerade ziemlich impulsiv, das fällt mir auf, aber das ist mir egal. Alles, was ich wollte, wird jetzt mal wieder in die Brüche gehen und weshalb? Wegen einem Sturkopf, der nicht mit sich reden lässt.

»Layla, bist du heute hier, um mir Vorwürfe zu machen …«, schreit mein Vater zunehmend lauter, »… oder was willst du hier?«

»Eigentlich wollte ich nur mal abschalten von der ganzen Situation in Reimberg. Aber anscheinend gehen die Probleme hier ja weiter!«

Meine Mutter kommt herein und wird versuchen Frieden zu schließen, wie ich sie kenne.

Das wird ihr aber heute nicht gelingen. Nicht jetzt, nicht morgen und auch nicht in einem Jahr.

»Raus!«, brüllt mein Vater meine Mutter an.

Ab jetzt sehe ich nur noch mehr schwarz. Mein Kopf fühlt sich heiß an und läuft auch wahrscheinlich knallrot an.

»Was fällt dir eigentlich ein, so mit unserer Mutter zu reden? Du alter Sturkopf solltest dir mal Gedanken machen, wie du hier mit allen redest. Das ist doch unter aller Sau, was du hier machst. Nur weil wir nicht in dein Schema passen, musst du doch nicht so ausfallend werden. Nach allem, was Mama für dich getan hat, solltest du ihr dankbar sein und sie mit Respekt behandeln.«

Mein Geduldsfaden reißt und alles eskaliert in die falsche Richtung.

»Layla, verschwinde!«

Ich bewege mich kein Stück.

»Ich sagte, raus aus diesem Haus!«

»Oh, schön, wie du die Sachen regelst. Ich bin wirklich stolz auf dich, du wirst bestimmt ein toller Opa.«

Aus Wut und Trauer platzt es aus mir heraus, aber das ist mir egal. Wie er darauf reagiert, kann ich nicht mehr sehen, da ich mich schon umgedreht habe und durch die Küchentür in den Flur verschwinde.

»Sara, komm, wir gehen zelten«, rufe ich den Flur entlang.

Sie kommt mit ihren Sachen um die Ecke gerannt.

Ich gebe meiner Mutter einen Kuss auf die Wange und flüstere ihr zu: »Pass bitte auf dich auf, Mama, ich brauche dich noch.«

Auch bei ihr fließen jetzt die Tränen. Dass der Abend so verläuft, hätte ich mir nie gedacht. Aber was will ich schon dagegen machen?

»Layla, es ist zu gefährlich draußen, bitte fahrt nach Hause.«

Natürlich hatte sie mitbekommen, was ich gebrüllt habe. Ich bin auch so ein Dummkopf. Wie konnte ich ihr diese Neuigkeit nur so auf dem Silbertablett servieren? Sie wird heute Nacht wahrscheinlich kein Auge schließen.

»Bitte verzeih mir, Mama, aber lieber bin ich draußen als mit diesem Mann unter einem Dach.«

»Pass aber auf dich auf«, sagt meine Mutter und beginnt stärker zu weinen.

»Mach dir keine Sorgen um mich, Mama, ich bin nicht allein und mir wird schon nichts passieren.«

»Ich bin da, Helene, ich werde auf sie aufpassen und es muss auch nicht zwingend sein, dass heute etwas passiert. Mach dir keine Sorgen um sie. Wir werden viel Spaß miteinander haben.«

Ich blicke zu Sara. Ohne eine Antwort abzuwarten, verschwindet sie durch die Tür. Sara blickt einen kurzen Augenblick zu meinem Vater, der vertieft in seine Zeitschrift starrt. Und geht.

»Bis bald, Mama«, sage ich und drehe mich um.

Am Auto angekommen, blicke ich nochmals zu ihr zurück. Ohne eine große Mimik im Gesicht steht sie da und blickt ins Leere und wieder zu mir. Was tue ich ihr da bloß an? Kann ich sie nach den ganzen Vorkommnissen hier allein lassen?

Ich werde dich jagen und ich werde dich finden.

Dann öffne ich die Beifahrerseite des schwarzen Autos und setze mich zu Sara. Sara sieht mich an. Ohne dass ich zu ihr sehe, spüre ich ihren Blick, der mir unter die Haut und in meine Seele sticht. Mein Blick fixiert jedoch nur die kalten Kieselsteine, die vor dem Auto liegen. Leer blicke ich in die mit Kiesel bedeckte Straße und leer blicke ich in die dunkle Kälte.

Die Wolken am Himmel sind dichter geworden und der Mond ist jetzt kaum mehr zu erkennen. Nur durch den Nebel scheint der Mond und erhellt den Himmel mit seiner Hilfe.

Die schmale Straße entlang in Richtung Dorfkirche wage ich einen Blick in den Rückspiegel, in dem ich meine Mutter mit den Händen vor dem Gesicht vorfinde. Es tut mir wirklich leid, aber wir sollten uns auf *diese Sache* konzentrieren und auf nichts anderes.

Mir ist gerade alles egal und ich will einfach nur der ganzen Sache ein Ende setzen. Mit dem Spuk hier und mit dem Spuk zu Hause will ich in diesem Augenblick nichts zu tun haben. Vor Trauer und Wut schießen mir wiederum die Tränen ins Gesicht und ich möchte alles einfach hier und jetzt vergessen. Ich halte mir die Hände vor mein Gesicht und puste dagegen. Ruhig! Es wird alles irgendwie wieder gut.

Sara stoppt abrupt den Wagen und ich falle nach vorne in den Gurt. Aus Reflex lege ich die Hände auf das Armaturenbrett, um mich daran abzustützen. Ich blicke in die Dunkelheit, die nur mehr von den hellen Lichtern des Autos erstrahlt wird. Hier, abseits des Dorfes, befinden sich keine Straßenlaternen mehr. Es scheint, als wäre alles wie ausgestorben.

Warum hätte Sara so schnell abbremsen sollen? Vielleicht ein Tier, das sich auf der Straße verirrt hat.

»Sara?« Ich blicke zu ihr und sie löst ihren fixierten Blick von der Straße.

Sie sieht mich so an, als hätte sie einen Geist gesehen. Bleich wie eine Leiche und genauso kalt, als sie nach meiner Hand greift.

»Hast du *ihn* denn nicht gesehen?«

»Wen?«, frage ich und mit jedem Atemzug wird mein Puls stärker. Meine Hände zittern.

»Da stand ein Mann mitten auf der Straße. Konntest du ihn nicht sehen? Er war schwarz gekleidet und sein Blick war den Berg nach oben gerichtet.«

Schockiert starrt sie in meine Augen. Ihr Blick durchlöchert mich und ihre Augen werden durch den Schatten zunehmend schwärzer, als sie den Kopf nach hinten legt. Ich blicke nach links und nach rechts, aber ich kann niemanden erkennen. Da ist niemand und es sieht so aus, als wäre er vom Erdboden verschluckt worden.

»Ich sehe niemanden, Sara. Wo ist er hin?«

»Den Wald runter«, sagt sie und zeigt etwas nach rechts hinunter auf einen Baum.

Ich folge mit meinen Blicken ihrem Finger und kann auch da niemanden sehen oder erkennen. Sara muss es sich wohl eingebildet haben. Ich meine, es kann doch nicht möglich sein, dass er uns auf Schritt und Tritt verfolgt, oder?

»Da ist niemand mehr, Sara. Beruhig dich.«

Immer mehr kommt die Angst in mir zum Vorschein und meine Gedanken, dass ich nach Hause will, werden immer stärker.

»Wie wäre es, wenn wir zu mir nach Hause fahren und uns einen gemütlichen Abend bei mir machen? Wir können das Lagerfeuer im Kamin entzünden und Musik hören.«

»Ich habe mich schon so auf heute gefreut, Lay. Bitte lass uns einfach weiter rausfahren. Wer sagt denn, dass heute Abend etwas passiert? Die Menschen bilden sich doch das Ganze nur ein. Es gibt seit vier Jahren alle zwei Jahre diese Vermissten. Na und? Wer weiß, ob sie nicht von allein verschwunden sind und es nur Zufälle waren? Selbst die Polizei hat nach geraumer Zeit die ganzen Ermittlungen eingestellt. Warum sollte sie das denn tun, wenn sie irgendeine Spur hat?«

Wo sie recht hat, hat sie recht. Es ist zwar traurig, ja, aber es könnte auch bloß ein Zufall sein. Die Leiche von John Wagner wurde ziemlich brutal zugerichtet, das stimmt, aber das ist bis jetzt nur ein Mord und es gibt keinen Verdächtigen.

»Weißt du denn, wo sich die Polizei und die Rettung befinden?«, fragt sie mich und starrt in das Fenster hinter mir.

»Nein, ich weiß nur, dass sie Rundfahrten durch das Dorf machen und nachsehen, ob alle in ihren Häusern sind.«

»Okay, das finde ich gut. Nun, Lay, wo fahren wir hin?«

»Zum Wetterkreuz, oder? Dort sind so schöne Flächen, wo wir unser Zelt aufschlagen können.«

»Ja, super Idee. Du wirst sehen, Layla, das wird ein schöner Abend.«

Zwiegespalten freue ich mich einerseits, andererseits fühle ich mich aber nicht mehr so sicher. Sara wird dieser Kurztrip auch guttun und mir besonders. Vielleicht können wir uns heute in Ruhe hinsetzen und über die kleine Maja reden und vielleicht erzählt sie mir endlich, wie es genau zu diesem Unfall gekommen ist und was die Eltern vom kleinen Paul damit zu tun haben.

Sara startet wieder den Motor des Wagens und fährt weiter den Hügel nach oben. Ich zucke zusammen, als ein Marder uns vors Auto läuft und den Hang nach unten verschwindet.

Sara lacht.

»Lay, das war doch nur ein kleines Tier. Wovor hast du solche Angst?«

»Es freut mich, dass es dich so amüsiert, wenn ich Angst habe.«

»Lay, hör mal, es wird schon nichts Schlimmes passieren. Entspann dich doch endlich mal und genieß den Abend! Du wolltest es doch unbedingt. Warum hast du denn jetzt solche Bedenken?«

In mir wütet das reinste Chaos. Soll ich ihr die Geschichte von vorhin am Teich erzählen oder soll ich sie für mich behalten? Wie wird sie darauf reagieren? Würde sie dann diesen Trip immer noch so wollen?

»Wir sind da!« Voller Vorfreude springt sie aus dem Wagen und öffnet die Beifahrertür. »Worauf wartest du?« Sie knipst ihre Taschenlampe an und leuchtet mir ins Gesicht, als wäre es ein Verhör.

Zwischen dem Chaos, das sich in meinem Inneren abspielt, erblicke ich ein kleines Licht. Ein kleiner Funken Ehrgeiz, den ich schon unter all meinen Sorgen vergraben hatte. Die sichere Journalistin kommt langsam wieder ans Tageslicht. Ich war doch immer so taff und mache jetzt einen Rückzieher. Schämen sollte ich mich.

Mein Blick wird ernst und ich sehe gegen das starke Licht, in dem ich Sara nicht mehr erkennen kann.

»Lass uns Spaß haben, Sara.«

#XIV

Layla, ach Layla. Wovor hast du Angst? Du wolltest doch zu mir und dann willst du doch nicht mehr zu mir. Warum bist du so unentschlossen? Woher kommt der Sinneswandel? Wo ist denn die kleine, starke Layla, von der ich immer so begeistert war? Die taffe Layla, die sich für nichts zu schade ist?

Habe ich dir am Teich zu viel Angst gemacht? Aber warum? Ich wollte doch nur etwas mit dir spielen. Ich wollte doch nur deine Nähe spüren. Ich wollte doch nur bei dir sein. Warum kannst du das nicht verstehen? Ich wollte dich doch nur trösten, kleine Layla, mehr nicht.

Du hast heute Abend sehr viel geweint, oder? Ich sehe dir an, dass du müde bist. Müde von der ganzen Situation, müde von dir selbst. So ein kleines Lagerfeuer wird dir bestimmt guttun, denkst du nicht?

Layla, weißt du, wer das auf der Straße war? Ich schon und weißt du auch warum? Weil ich es zugelassen habe. Warum hast du nicht hingesehen, als er da war?

Was denkst du, was Noah gerade macht? Denkst du, er schläft schon mit der Nächsten? Denkst du das? Warum denkst du denn sowas, Layla? Bist du verknallt in ihn? Ich spüre eine kleine Spannung zwischen euch beiden. Es funkt.

Vielleicht war es heute keine so gute Idee, nach Baumhausen zu kommen. Jedenfalls nicht für dich. Ich freue mich, dass du bei mir sein willst.

Du bist einerseits doch sonst immer so skeptisch mit allem und jedem und andererseits bist du dann wieder zu gut für alle und jeden. Wenn dir das mal nicht zum Verhängnis wird, Layla. Ich hoffe, du wusstest, worauf du dich hier und heute einlässt.

Ich werde dir aber nichts tun, kleine Layla. Ich will dir nur Angst machen und weißt du, was mir Spaß macht, Layla? Dich zu jagen.

Fünf.

NEUNZEHN

21:15 UHR

Es ist kalt. Es ist sehr kalt geworden. Das Wetter hat
sich schlagartig geändert und es sieht nach Regen aus.
Wenn es jetzt anfangen würde zu regnen, wäre alles
umsonst. Dann müssten wir die ganze Sache abblasen
und nach Hause fahren. Das will ich aber nicht. Nicht
mehr.

Ich nehme meinen Rucksack aus dem Kofferraum
und suche meine Taschenlampe. Sara leuchtet mir den
Weg. Die Nacht ist noch dunkler geworden. Der Mond
wird immer weiter von den Wolken verdeckt und der
Nebel wird zunehmend dichter, je weiter wir in den
Wald hineingehen.

Als ich den Berg nach unten blicke, kann ich eine
wunderschöne Aussicht genießen, die ich schon ganz
vergessen hatte. Obwohl der Nebel so dicht ist, kann ich
einzelne Flecken darin scharf erkennen. Einzelne Häuser, in denen das Licht brennt, und die Kirchturmspitze,
die herausragt.

Die kalte Luft schmerzt in meinen Nasenflügeln. Sie
sticht und sorgt dafür, dass meine Nase anfängt zu laufen.

»Sara, hast du vielleicht ein Taschentuch bei der Hand?«, frage ich sie und suche auch in meinem Rucksack danach.

»Ja, hier!« Sara zückt rasch eine Packung Taschentücher aus der Seitentasche ihrer Jacke. Habe ich etwa vergessen welche einzupacken?

»Danke. Es ist sehr kalt hier. Vielleicht sollten wir uns nicht auf eine offene Fläche platzieren, sondern etwas Geschützteres suchen?«

Sara nickt, als ich sie mit meiner Taschenlampe anleuchte, die ich dann endlich zwischen dem ganzen Kram gefunden habe. Ich habe wirklich die Taschentücher vergessen, aber das ist egal. Ich werfe den Rucksack über meine Schulter und schließe den Kofferraum mit einem Knall.

»Ups«, flüstere ich schuldig.

Sara lacht und geht voran, noch weiter den Berg hoch. Wir entfernen uns somit noch weiter von der Zivilisation.

»Wir sollten als Erstes ein Lagerfeuer machen und dann das Zelt aufschlagen!«, sagt sie mit einem fast schon imperatorischen Ton.

»Ja, das ist eine gute Idee.«

Wir sind gerade mal fünf Minuten gegangen und mir geht jetzt schon die Puste aus. Ich bin wohl ziemlich außer Übung. Das merkt Sara auch.

»Geht's?«, fragt sie mich und grinst mich an.

Sara ist recht fit. Sie läuft unaufhaltsam den Berg nach oben. Wohin will sie denn jetzt genau? Sie muss in letzter Zeit sehr oft hier in Baumhausen gewesen sein, denn sie kennt sich hier äußerst gut aus.

»Sara, wohin?«, schnaufe ich, als würde ich gleich vor Erschöpfung umfallen.

»Nicht mehr weit. Ich kenne einen schönen Ort, an dem sich die Bäume zu einem Unterschlupf formen. Wie eine Kuppel in der Mitte des Waldes stehen sie aneinander gelehnt und geben Schutz. Es ist wirklich ein schönes Plätzchen, glaub mir.«

Ich torkle Sara hinterher und stolpere so ziemlich bei jedem zweiten Stein. Meine Füße werden immer schwerer und ich werde zunehmend müder. Ich könnte mich jetzt hier auf dem kalten Moosboden hinlegen und gleich einschlafen. So müde bin ich gerade.

Nach weiteren fünf Minuten sind wir dann endlich da. Sara leuchtet die Bäume an und es ist wirklich so, wie sie gesagt hatte. Die Bäume bilden eine Art Höhle. Das habe ich hier noch nie gesehen und ich bin hier aufgewachsen und nicht Sara, aber ich war kaum hier draußen. Warum eigentlich? Es ist wunderschön hier.

»Lass uns Feuerholz suchen, Lay«, schlägt sie vor und leuchtet mir mit ihrer Taschenlampe direkt ins Gesicht.

Es ist seelenruhig hier. Ab und zu höre ich durch die Stille eine Eule schreien. Der Wind, der durch die Äste pfeift, ist sehr beruhigend und noch zu ertragen.

Ohne auf eine Antwort von mir zu warten, geht sie tiefer in den Wald hinein.

»Kommst du?«, pfeift sie mich an.

Mit schnellen Schritten und brennenden Fußsohlen renne ich auf sie zu. In dem Gebüsch neben uns raschelt es und mir kommt es so vor, als würden wir beobachtet werden. Einbildung, denn wer sollte uns hierher gefolgt sein?

Trotzdem lässt mich dieses Gefühl nicht los und mein Atem wird schneller. Womöglich auch wegen des raschen Tempos, das Sara vorlegt, aber auch wegen der Angst.

Eine Eule schreit vom Baum neben uns herunter und ich höre ein Rascheln in den Baumkronen. Es ist ein ziemlich starkes Geräusch, das sich vom Wind hervorheben kann. Ich zucke zusammen und bleibe kurz stehen.

Die Angst in mir will ich mir nicht anmerken lassen, aber das gelingt gerade nicht. Ich kann kaum noch atmen und mein Puls schießt in die Höhe. Er pocht und schlägt schnell und das erleichtert mir gerade auch nicht das Atmen.

»Alles okay?«

Sara hat bemerkt, dass ich stehen geblieben bin und wie ein Fisch, der auf dem Trockenen sitzt, nach Luft schnappe.

»Ich – brauche – nur – eine – Minute.« Nach jedem Wort schnappe ich nach Luft und blicke dabei hilfesuchend auf den Boden.

»Du bist ja ziemlich außer Form, Lay. So kenne ich dich gar nicht.« Sie lacht.

Ich versuche ein gequältes Lächeln aus mir herauszubringen. Wo sie recht hat, hat sie recht. Ich war mal sehr fit, aber das Stadtleben tut mir anscheinend nicht sehr gut.

»Ich denke, wir müssten genug Feuerholz haben, denkst du nicht, Lay?«

Die erlösenden Worte. Auf diese Worte habe ich schon ewig gewartet. Jedenfalls kommt es mir so vor, als wäre es eine Ewigkeit.

Ein Blick auf meine Uhr verrät mir, dass es nur zwanzig Minuten waren. Den Berg nach unten zu laufen, erleichtert mir das Ganze enorm. Ich kann endlich wieder normal atmen und etwas runterkommen.

Sara wirft die Äste auf einen von ihr ausgesuchten Platz und gibt mir damit zu verstehen, dass hier das Feuer sein sollte. Dann gehe ich auf die Stelle zu und lege meine Äste auf ihre. Ich freue mich schon auf das Licht, das die Dunkelheit erhellt und auf die Flamme, die mir Wärme spendet. Sie wird mir bestimmt guttun und dafür sorgen, dass ich morgen nicht krank bin.

Sara sucht in ihrem Rucksack herum und zieht ein Feuerzeug heraus. Bevor sie den Haufen anzündet, sammelt sie ein paar größere Steine und legt diese um die Feuerstelle herum. Es scheint, als wären wir nicht die Ersten, die schon mal auf diesem Platz gecampt haben, denn es sieht sehr verwüstet aus. In einem Eck befindet sich eine leere Glasflasche und im anderen eine Zeitschrift, die schon am Zerfallen ist.

Ich leuchte in den Haufen voller Äste, als Sara die einzelnen noch so richtet, dass sie sich leichter entzünden lassen. Sie nimmt sich etwas getrocknetes Gras vom Boden und legt diese in das kleine Zelt, das sie aus den Hölzern zusammengestellt hat.

»Soll ich dir helfen, Sara?«

»Nein, lass ruhig, erhol dich erst mal. Ich mache das Feuer und fange schon mal an das Zelt aufzubauen«, antwortet sie.

Mit voller Begeisterung und Ehrgeiz hat sie versucht, aus dem Äste-Wirrwarr etwas Schönes zu kreieren.

Es gelingt ihr dann auch schlussendlich und die Flamme schlängelt sich über einen Ast bis nach ganz oben.

»Juhu!«, jauchzt sie vor Stolz und Freude.

Aus der Dunkelheit wird nun Gemütlichkeit, aus der Kälte Wärme. Langsam erhellt sich nun die ganze Umgebung und erwärmt zunehmend den Raum aus Bäumen.

Erst jetzt bemerke ich, dass sich am Rande des Baumkreises ein kleiner Unterschlupf befindet. Er besteht aus vier stabilen Ästen an jeweils einem Eck und diese sind mit weiteren Ästen verbunden. Als Dach waren wiederum Äste übereinandergelegt und mit Blättern aufgefüllt worden, sodass keine Lücken entstanden sind.

»Sieh mal, Sara!«, rufe ich und als ich bemerkt habe, dass ich schreie, halte ich mir rasch die Hände vor den Mund.

Sie grinst nur und sagt nichts dazu.

»Weißt du, wer das gebaut hat?« Flüsternd zeige ich auf das kleine Hüttchen, das ich wunderschön finde.

An den Seiten befindet sich ein kleines Schild, das ich von hier nicht lesen kann. Vielleicht ein Hinweis zu den Erbauern oder hat das kleine Häuschen sogar einen Namen? Ich stehe auf und begebe mich zum Bauwerk. Das Feuer flackert über die Tafel, die an dem Häuschen hängt und Schatten wirft.

Home Sweet Home

Ein eiskalter Schauer läuft mir über den Rücken hinunter. Nicht nur, dass es unser Spruch vor der Wohnungstür ist, es sind auch sogar unsere Initialen.

L & F

Vor Aufregung wird mir schlecht und ich gehe einen Schritt zurück. Aus Angst habe ich den etwas größeren

Stein hinter mir nicht gesehen und falle nach hinten zurück. Reflexartig stütze ich mich mit meinen Händen hinter mir ab und schneide mich an etwas Scharfkantigem.

»Aua!« Vor Schmerzen halte ich mir mit meiner unverletzten Hand die verletzte und blicke darauf.

Sofort fängt der Schnitt an zu bluten und ich nehme mit der sauberen Hand das benutzte Taschentuch aus der Seitentasche meines Windstoppers.

»Hast du dich stark geschnitten, Lay?« Umgehend holt Sara Taschentücher aus ihrer Jacke und geht geschwind auf mich zu.

Mein Kopf fängt an sich zu drehen und mir wird schlagartig schlecht. Schwarz und Weiß wechseln sich vor meinem Auge ab und meine Hand fängt an wie wild zu zittern.

»Das muss der Schock sein«, sagt sie.

Ein starkes Dröhnen in meinen Ohren macht sich breit und Sara kniet sich neben mir nieder.

»Lass mal sehen!«

Ich reiche ihr meine verletzte Hand und sie wirft einen Blick darauf. Sara tupft mit dem Taschentuch den größten Teil des Blutes weg und sieht mich an.

»Du bist bleich wie eine Wand«, sagt sie und geht zu ihrem Rucksack.

Sogleich habe ich mich wieder gefasst und blicke selbst auf die Hand. Der Schnitt ist nicht tief, blutet aber stark. Er ist nur oberflächlich und der Schmerz ist aushaltbar. Sara kommt wieder. In der linken Hand hat sie einen Pflasterstreifen und eine Schere und in der rechten Hand eine Mullbinde.

Ich reiche ihr wieder meine verletzte Hand und sie misst die Größe meiner Wunde mit dem Pflasterstreifen ab. Mit einem geraden Schnitt trennt sie den Streifen in zwei Stücke und klebt ihn mir auf meine Handfläche.

Die Mullbinde wickelt sie ein-, zwei-, dreimal um meine Hand und steckt das Ende selbst in die Binde auf meinem Handrücken.

»So«, sagt sie, »alles wieder heil.«

»Danke Sara.«

Erstaunt blicke ich auf meine Hand, die mit einem perfekten und sicheren Verband eingebettet wurde.

»Hast du einen Erste-Hilfe-Kurs?«

»Ja, ich musste erst vor Kurzem einen machen, da ich ihn in der Führungsposition brauche.«

Meine Handfläche brennt noch etwas, aber das ist auszuhalten. Schließlich wurde ich gut verarztet.

»Ruh dich etwas aus, Lay. Ich stelle in der Zwischenzeit das Zelt auf.«

Ich nicke und beobachte sie dabei, wie sie das einfache, dunkelblaue Zelt aus ihrem Rucksack zieht und sich auf die Suche nach einem idealen Platz für das Zelt macht. Schlagartig fällt mir wieder *das Schild* ins Auge. Sara hat mir vorhin darauf keine Antwort gegeben, also beschließe ich, sie nochmals danach zu fragen.

»Sara, weißt du, wer dieses Hüttchen aufgestellt hat?«

»Nein, aber es wurde von einem Tag auf den anderen gebaut, soviel weiß ich.«

»Und wann wurde es gebaut?«

»Lay, wird das jetzt ein Verhör, oder was?« Sie wirkt leicht gereizt, als sie diesen Satz zu mir sagt, also beschließe ich, es dabei zu belassen. Komisch erscheint mir die ganze Situation trotzdem.

Um uns herum wird der Wind stärker und er pfeift nun verstärkt durch die Bäume.

Gott sei Dank sind wir hier geschützt. Nur wo fangen wir an, *ihn* zu suchen? Die Wälder sind unendlich weit hier in Baumhausen und es scheint unmöglich, etwas darin zu finden. Versuchen werden wir es dennoch, denn umsonst sind wir heute bestimmt nicht hier. Wenn nicht heute, wann dann? Oder?

»Sara, denkst du, wir werden *ihn* finden?«

»Ihn?«

»Den Mörder«, zische ich leise zu ihr rüber.

Sie lacht. Warum lacht sie?

»Ich denke, er wird *uns* finden und nicht wir *ihn*.«

Der Wind hört für einen kurzen Moment auf zu pfeifen und es wird still an diesem Ort. Ich kann die Äste auf dem Boden knacken hören, so als würde jemand um den Baumkreis herumgehen. Ist da jemand? Hat *er* uns schon gefunden?

X V

Layla, soll ich dir etwas verraten? Jetzt habe ich dich genau da, wo ich dich haben wollte. Du bist so schön in meine Falle getappt und weißt es noch nicht mal. Hast du Angst? Fürchtest du dich vor mir?

Autsch, du hast dich verletzt? Das ist aber schade. Gefällt dir denn nicht mein Haus? Ich habe es extra für dich gebaut. Ich hatte dabei natürlich etwas Hilfe, aber das tut jetzt nichts zur Sache.

Die Nacht ist heute so schön, Layla. Siehst du die Sterne? Siehst du dein Sternzeichen darin? Ich sehe meines. Es strahlt immer wieder durch den Nebelschleier.

Layla, ich werde dich finden und nicht du mich.

Was denkst du, was Finn gerade macht? Denkst du, sie sind schon da? Denkst du, sie werden dich rechtzeitig finden?

Vier.

ZWANZIG

21:59 UHR

Sara sieht mich schlagartig und verstört an. »Hörst du das, Lay?«

Ich bekomme kein Wort mehr heraus und blicke Sara geschockt an. Ich bin also nicht die Einzige, die sich das einbildet. Wer kann das sein? Ist *er* das? Meine Hände beginnen erneut zu zittern. Ich glaube, dass ich in meinem Leben noch nie solche Angst hatte. Es war reiner Selbstmord, heute Nacht in diesen Wald zu kommen. Das wird mir jetzt klar.

»Ich gehe nachsehen. Bleib hier, Lay«, flüstert sie und geht durch die zwei Bäume, die den Eingang dieser Baumreihe bilden.

Ich sehe ihr hinterher, bis sie in der Dunkelheit verschwindet. Es ist rein gar nichts mehr zu hören. Stille macht sich in dieser Baumhöhle breit. Sie ist mit Angst gefüllt. Einzelne Äste kann ich auf dem Boden knacken hören und mein Blick wandert nach oben. Der Nebel hat sich verzogen und es ist wieder eine sternenklare Nacht.

»Sara?« Zögernd schicke ich einen Laut nach draußen los, der nicht beantwortet wird.

Panik überkommt mich und ich bin kurz davor, wieder loszuheulen. Was, wenn ihr etwas zugestoßen ist?

Was, wenn sie nicht mehr wiederkommt? Was, wenn sie mich alleingelassen hat? Fragen über Fragen quälen und durchbohren mich.

Es ist alles meine Schuld. Ich wollte hierherkommen, nicht sie. Ich wollte *ihn* doch suchen und ziehe mich dann verängstigt zurück. Layla, was ist bloß aus dir geworden? Du denkst, du kannst alles geraderücken und machst alles einfach nur noch schlimmer.

»Sara?« Nochmals versuche ich mein Glück und warte ab, ob in der Stille etwas zu hören ist.

Nichts. Es herrscht Totenstille hier. Eine Träne kullert über meine linke Wange hinunter. Ich bin am Verzweifeln und das kann man mir wahrscheinlich auch anmerken. Mein Puls schlägt mit jeder Minute schneller. Jede einzelne Minute kommt mir wie Stunden vor.

Warum antwortet sie mir nicht? Was geht da draußen vor sich? Soll ich nachsehen oder abwarten? Ich bin zwiegespalten und kann mich nicht entscheiden. Wenn ihr etwas zustoßen würde, könnte ich mir das nie verzeihen.

Ich lausche dem Wind, wie er die Äste dazu bringt, sich aneinanderzureiben und die Blätter rascheln zu lassen. Immer noch keine Spur von Sara.

Ich stütze mich mit der gesunden Hand ab und gehe vorsichtig und mit kleinen Schritten zum Feuer. Immer wieder nach rechts und links blickend, vergewissere ich mich, dass mich niemand überraschen kann. Alles gut soweit, aber wo zum Teufel ist sie?

In der Zwischenzeit sind sicherlich zehn Minuten bereits vergangen und ich habe nichts von ihr gehört. Da kann etwas nicht stimmen und ich werde der Sache auf den

Grund gehen. Ich wische mir meine Tränen weg und nehme all meinen Mut zusammen. Mit voller Überzeugung nehme ich meine Taschenlampe in die Hand und gehe durch die zwei Bäume.

Schon nicht mehr so überzeugt durchleuchte ich ruckartig und stückweise den Wald. Nichts zu sehen, nicht mal ein Tier, das durch das Licht erschrickt und fluchtartig davonhuscht. Erst jetzt bemerke ich eine kleine Lichtung am Ende des Waldes. Was dort wohl zu finden ist?

Der Wind wird stärker und ich ziehe meinen Reißverschluss des Windstoppers bis ganz nach oben an mein Kinn. Alles, was ich weiß, ist, dass ich fürchterliche Angst habe, aber da ist nichts, was mir Angst machen könnte. Niemand ist hier, wirklich niemand, nicht mal Sara.

Eine Eule ist zu hören, die ein Konzert für sich selbst veranstaltet, und der immer stärker werdende Wind. Nein, ich schaffe das einfach nicht.

Ich drehe mich wieder um und gehe hinter die Bäume. Es geht einfach nicht. Ich kann das nicht. Meine Knie zittern und schlagen gegeneinander. So kann ich nichts bezwecken. Ich weiß noch nicht mal, wo ich nach ihr suchen soll, geschweige denn, wo ich bin.

Ich blicke auf mein Handy und bete, dass ich Empfang habe. Der Akku müsste noch reichen, da ich es erst zu Hause aufgeladen habe. Aber schon wie vermutet und ohne große Enttäuschung blicke ich auf das X, das dort steht, wo normalerweise ein, zwei, drei, vier oder fünf Striche sein sollten.

Ich setze mich wieder frustriert auf den Boden und starre auf den Sekundenzeiger meiner Uhr.

Als ich das Knacken der Äste höre, schrecke ich auf. Immer wieder sind es nur einzelne Schritte, die gemacht werden und die scheinbar ins Nichts führen. Jemand war hier. Ich war nicht lange fort, aber jemand war hier.

Das Schild des Hüttchens wurde verunstaltet. Irgendjemand hat das *L* auf dem Schild durchgestrichen und mit einem Handabdruck – einem blutigen Handabdruck – gekennzeichnet.

Wer sollte denn so etwas tun? Was ist hier eigentlich los? Ich weiß nicht, was ich machen soll. Zum Auto rennen scheint mir eine gute Option, aber was ist mit Sara?

Layla, tief ein- und ausatmen! Reiß dich zusammen! Du halluzinierst schon. Oder doch nicht? Meine Gedanken kreuzen sich in meinem Kopf.

»*Layla!*« Eine Stimme ruft meinen Namen, ich kann es hören.

Wer ruft mich? Durch den Wind wurde die Stimme zu mir getragen und etwas verstellt kam sie bei mir an, aber ich bin mir ziemlich sicher, jemand hat meinen Namen gerufen.

»*Layla!*« Da! Nochmal.

Ist es Sara? Ich kann die Stimme nicht zuordnen. Vielleicht hat sie sich verlaufen und findet den Weg nicht mehr zu mir?

»Sara?« Aus vollem Halse rufe ich ihren Namen durch die Bäume hindurch und hoffe, dass mein Laut auch ankommt.

Schritte. Schon wieder Schritte! Dieses Mal sind es keine vorsichtigen, leisen Schritte. Es sind laute, schnelle und immer näher kommende Schritte. Mein Herzschlag schießt nach oben und mir fällt das Atmen zunehmend schwerer.

Rasch verstecke ich mich hinter der Hütte, bis ich eine vertraute Stimme meinen Namen rufen höre.

»Lay?«

»Sara! Wo warst du?«, frage ich schockiert. »Warum hat das so lange gedauert? Du warst ungefähr zwanzig Minuten weg! Ich habe mir Sorgen gemacht! Hast du jemanden gefunden?« Mit Fragen über Fragen bombardiere ich sie und gebe ihr noch nicht einmal die Luft um aufzuatmen.

Überglücklich komme ich aus dem Versteck hervor und nehme sie erst mal fest in die Arme. Sara sieht erschöpft aus. Was wird wohl passiert sein? Wurde sie gejagt oder hat sie jemanden verfolgt? Sara setzt sich stillschweigend hin und sagt kein Wort. Sie gibt auch keine Anzeichen von sich, dass sie in nächster Zeit etwas sagen wird. Sie starrt mich an und fixiert mich. Der Blick macht mir etwas Angst, aber ich bin erleichtert, dass sie wieder hier ist. Sara wirkt wie ausgewechselt, als habe sie etwas Schlimmes gesehen.

Sie wendet den Blick von mir ab und staunt in das flackernde Feuer. Was sie wohl darin sieht? Ich weiß es nicht, aber die zunehmende Stille zerfrisst mich.

»Sara, was ist passiert? Bitte rede mit mir.«

Mir kommt es so vor, als würde gleich mein Kopf zerspringen. Kopfschmerzen plagen mich und es wird mit jeder Minute schlimmer, in der nichts gesagt wird.

Ich sehe sie an und ihr Blick ist immer noch vertieft in das Feuer, das bald auszugehen droht. Was wird ihr passiert sein? Was ist ihr zugestoßen und was hat sie gesehen? Als ihr Blick weiter in Richtung Hütte wandert und sie das Schild bemerkt, wundert sie sich sichtlich. Vielleicht denkt sie, dass ich etwas damit zu tun habe?

Sara sieht zu mir rüber und öffnet endlich ihren Mund. Ich warte gespannt. Dann schließt sie ihn wieder. Ich entscheide mich, auf sie zuzugehen und vielleicht so irgendwelche Informationen aus ihr herauszulocken. Schließlich setze ich mich neben sie und sehe sie an.

»Sara, wir sollten jetzt nach Hause fahren.«

»Da draußen ist nichts, Lay.« Entschlossen wendet sie den Blick ab, der in die Leere starrt und sieht nun mich an. Entschlossen wiederholt sie den Satz, den ich ihr nicht glauben kann.

»Wo warst du denn so lange?«, frage ich sie voller Aufregung.

Wieder wendet sie den Blick von mir ab und beobachtet das Feuer, das bald auszugehen droht.

»Wir sollten Holz nachlegen«, sagt sie, ohne dabei eine große Mimik zu machen.

Ich erhebe mich aus der Position, in der ich es mir gemütlich gemacht habe, und gehe zum Feuer, das bereits erloschen war.

Vorsichtig lege ich ein, zwei Holzscheite auf den Haufen und beobachte, wie das Feuer auf eines der beiden aufspringt und anfängt zu brennen.

Es leuchtet so schön hell und erleuchtet abermals den gesamten Raum. Es ist ein Wunder, dass so ein kleines Feuer so schnell wieder Geborgenheit in einen so düsteren und grausamen Ort bringen kann.

Diese Gefühle bleiben leider nicht lange, denn als ich zu Sara sehen will, sehe ich nur einen leeren Platz.

»Sara?«

Sara ist wieder weg.

#XVI

Ach Layla, Layla, Layla, was machst du denn bloß? Warum lässt du dein Schicksal nicht einfach auf dich zukommen? Wovor hast du denn solche Angst? Vor mir? Ich werde dir doch nichts tun, kleine, süße Layla. Ich werde dir einfach nur ein bisschen Schaden zufügen.

Layla, warum hast du nicht gesagt, dass du gerne über Maja reden willst? Du weißt doch, wer die Unfallverursacher waren, oder? Warum hast du nicht danach gefragt? Du bist doch sonst immer so neugierig, Layla. Sag mir, wieso wolltest du es nicht wissen? Konntest du es nicht wahrhaben oder wovor hast du Angst?

Layla, du bist so naiv. Weißt du das? Und das soll dir zum Verhängnis werden.

Drei.

EINUNDZWANZIG

23:03 UHR

Ich blicke mich schreckhaft nach hinten um, doch da ist niemand. Wieder bin ich allein. Aus wohltuender Wärme des Feuers wird nun düstere Kälte und aus der Geborgenheit tiefste Angst.

Was zur Hölle passiert hier? Warum verschwindet Sara immer wieder, ohne ein Wort zu sagen? Irgendwie ist mir die gesamte Situation nicht geheuer. Hier bin ich nicht sicher und draußen im Wald bin ich es erst recht nicht.

Ich schaue nach rechts und nach links. Nichts zu sehen. Dann atme ich tief ein und setze mich auf den Boden. Alles um mich herum wird dunkler und kälter. Der Wind pfeift wieder durch den Wald, durch die Äste und durch mich.

Vielleicht lag ich nicht falsch mit der Vermutung, dass es Sara ist. Vielleicht war ich immer auf der richtigen Spur? Vielleicht wusste ich es schon von Anfang an und wollte es einfach nur nicht wahrhaben?

Ich weiß es nicht und mir wird schlagartig alles zu viel. Mein Kopf dreht sich und mir wird schwindlig. Ich versuche, mich mit meinen Händen auf dem Boden abzustützen, sodass ich mit meinem Kopf nirgendwo anstoße. Dunkelheit macht sich in mir bemerkbar und ich schließe meine Augen.

Als ich sie wieder öffne, ist alles schwarz. Nur ein Mondstrahl erhellt das kleine Haus, das sich am Rande dieses Baumkreises befindet. Das Feuer ist in der Zwischenzeit ausgegangen und in der Feuerstelle befindet sich nur mehr die heiße Glut.

Hastig springe ich auf und versuche, mich an etwas festzuhalten, denn alles um mich herum fängt an sich zu drehen. Mir wird schlecht und ich habe das Gefühl, dass ich mich vor Aufregung gleich übergeben muss. Schließlich drehe ich mich auf die Seite und halte mir meine Hand vor meinen Mund. Irgendwie soll mir das dabei helfen, dass ich mich nicht übergebe, aber das wird wohl nichts.

Nachdem ich mich dann doch übergeben habe, gehe ich vorsichtig zur Glut, um sie zu entfachen. Es wird alles besser werden, wenn das Feuer zumindest wieder brennen wird. Ich nehme mir ein Holzscheit und ziehe davon die Rinde ab. Wenn ich ein Feuer hinbekommen sollte, dann nur so.

Ich habe früher bei meinen Eltern sehr oft Feuer in unserem Bauernofen entzündet, also müsste ich das leicht hinbekommen. Damals – als ich klein war und nach der Glut gesucht habe und versucht habe, das Feuer wieder zum Leben zu erwecken – ja damals war alles noch in Ordnung.

Die Welt läuft verkehrt. Alles hier und heute läuft verkehrt. Wem kann ich noch vertrauen? Auf wen kann ich mich noch verlassen? Und wer ist immer bei mir?

Dass mich Sara so im Stich lässt, hätte ich niemals von ihr erwartet.

Dieses Mal weiß ich, dass sie freiwillig und ohne ein Wort zu sagen gegangen ist. Ich weiß es. Ich weiß auch, dass alles hier zusammenkommt. Sara muss es gewesen sein. Sara war es. Ich wollte es nur nicht erkennen. Ich wollte den Zusammenhang mit Maja und den Unfallverursachern von damals nicht erkennen. Ich wollte es einfach nicht wahrhaben und das habe ich nun davon.

Ein Funke springt über die Rinde und zieht sich nach oben zu meinem Handgelenk. Ich nehme etwas getrocknetes Gras und lege es darauf. Es beginnt sogleich zu brennen und ich lege es wieder zurück in die Feuerstelle. Darüber lege ich in der Form eines Zeltes drei Äste und warte darauf, dass es anfängt, richtig nach oben zu brennen, was dann auch passiert.

Die Umgebung wird wieder hell und ich hole aus meinem Rucksack mein Handy und mein Messer, das ich zu Hause eingepackt habe. Ich sehe auf mein Handy und kann immer noch das X erkennen, wo eigentlich Balken stehen müssten. Vielleicht bekomme ich draußen oder vorne an der Lichtung etwas mehr Empfang. Sollte ich es wirklich riskieren, nach draußen zu gehen? Immerhin habe ich hier einen klaren Überblick über den gesamten Innenbereich.

»Layla?«

Leise und noch ziemlich weit entfernt kann ich jemanden meinen Namen rufen hören. Vielleicht bilde ich mir das auch alles nur ein. Vielleicht war es einfach nur der Wind?

Ich greife auf meinen Bauch und fange an, mit meinem Kind zu reden.

»Ich werde auf dich aufpassen, hörst du? Wir schaffen das und wir kommen gemeinsam aus der ganzen Situation hier raus«, flüstere ich ihm zu.

»*Layla?*«

Wieder ertönt mein Name aus der dunklen Tiefe des Waldes. Gänsehaut überkommt meinen ganzen Körper und ein kalter Schauer zieht über meinen Rücken entlang nach unten.

Ich blicke auf meinen Bauch, der voller Blut ist. Erschrocken ziehe ich mit meiner Hand den Windstopper und meinen Pullover nach oben und bemerke erleichtert, dass das Blut von meiner Hand stammen musste, denn der Verband war schon durchblutet. Gut ist das natürlich auch nicht, aber ich hatte schon die Befürchtung, dass ich mir beim Sturz vielleicht meinen Bauch verletzt haben könnte.

»*Lay?*«

Erneut höre ich die Stimme, die meinen Namen ruft.

Jetzt beruhig dich erst mal, Layla. Du bildest dir das doch bloß ein. Es ist der Wind. Ja, ich bin mir ziemlich sicher, dass es der Wind gewesen sein musste.

Das Holz war wahrscheinlich etwas feucht, da das Feuer leichte Knackgeräusche erzeugt. Ich verliere mich darin und vergesse für einen ganzen Augenblick, wo ich gerade bin. Es ist beruhigend, den Flammen dabei zuzusehen, wie sie flackern und sich ihren Weg durch das Holz brennen.

Als ich mich wieder gefangen habe, bemerke ich erneut den Ernst der Lage. Ich sollte hier raus. Weg von hier und weg von diesem Ort.

Hier bin ich nicht mehr sicher und hier fühle ich mich auch nicht mehr wohl. Vielleicht schaffe ich es auch, irgendwie ein wenig Empfang zu finden, während ich zum Auto gehe.

Ich schalte das Display meines Handys wieder ein und gehe im Kreis mit hochgehaltenem Handy umher, doch das X will nicht verschwinden.

»Lay?«

Schon wieder? Dieses Mal habe ich genauer hingehört und kann die Stimme jetzt zuordnen. Es ist die Stimme von Sara, aber warum ruft sie mich? Wohin soll ich gehen? Was will sie von mir und warum hat sie mich heute an diesen Ort gelockt? Will sie mir etwas antun? Will sie mich leiden sehen? Aber warum sollte sie das tun? Ich habe ihr doch nie etwas getan, oder doch? Wir kennen uns schon so lange und ich habe nie etwas bemerkt. Wie konnte ich all das übersehen? Hat sie psychische Probleme?

»Layla? Komm und suche mich!«

Die Stimme kommt näher. Ich kann es deutlich hören.

Ich packe meinen Rucksack zusammen und nehme das Messer in meine gesunde Hand. Blöd ist nur, dass ich mich an meiner sicheren Hand verletzt habe. Mit der linken Hand bin ich ziemlich schwach und ich weiß nicht, ob ich mich in einer Stresssituation gut verteidigen kann.

Leider geht es gerade nicht anders. Ich muss hier raus. Zudem kommt noch dazu, dass ich einfach nirgendwo hier Empfang habe. Das verunsichert mich zunehmend. Vor allem, wie soll ich draußen etwas sehen?

Etwas muss ich beiseitelegen, denn ich habe keinen Platz mehr für meine Taschenlampe.

Ich nehme mein Handy und stecke es in meine Seitentasche. Es wird sich schon bemerkbar machen, falls ich wieder Empfang haben sollte.

Es wäre besser, wenn ich das Feuer auslöschen würde, bevor ich gehe. Ich stoße Erde über das Feuer und versuche, es so zu ersticken, was mir auch gelingt. Es wird dunkler und zunehmend kälter an dem Ort. Mein Herz setzt kurz aus, als ich einen Schatten durch das Mondlicht fliegen sehe.

Ich muss so schnell wie möglich zur Straße und ins Dorf. Ich brauche Empfang, um Finn zu erreichen. Aus dieser Situation komme ich nicht mehr allein heraus. Das weiß ich und das macht mir extreme Angst.

Ich werfe meinen Rucksack über meine Schulter und gehe vorsichtig und ohne viel Lärm zu verursachen auf die zwei Bäume zu, die den Ausgang bilden.

Draußen, ungeschützt und schon nassgeschwitzt vor Angst, stehe ich wie festgewurzelt da. Ich blicke auf und sehe in der Lichtung jemanden stehen. Eine schwarze Gestalt, die sich im Mondlicht zum Vorschein bringen will. Wer ist das? Ist es Sara? Was sie wohl vorhat? Ich weiß es nicht und ich will es auch nicht herausfinden.

Meine Füße werden schwer und ich fange an, am ganzen Körper zu zittern. Alles, was ich jemals wollte, ist, dass alles wieder so wird, wie es damals war. Ohne Probleme und ohne Angst, einfach ein normales Leben.

»*Layla!*«

Obwohl ich meine Taschenlampe nicht eingeschaltet habe, kann sie wahrscheinlich sehen, wo ich bin und dass ich hier stehe.

»*Kannst du mich sehen, Layla?*«

Ja, verdammt, ich sehe dich, aber was willst du von mir, Sara. Sag mir, was willst du von mir? Ich bekomme kein einziges Wort aus mir heraus. Ich stehe einfach nur wie auf dem Boden angewurzelt da und starre in die Lichtung.

Vor Panik schießen mir Tränen in die Augen und ich kann die Gestalt nur mehr verschwommen sehen. Warum ich? Warum? Ich drehe mich von ihr weg, schalte die Taschenlampe ein und drehe sie in die Richtung, aus der Sara und ich vorhin gekommen sind.

Ich beginne zuerst zu gehen, dann zu rennen. Mein Atem wird schneller und mein Puls schießt in Rekordzeit nach oben. Ich muss hier weg, ich muss hier erst mal weg.

Nach einer gefühlten halben Ewigkeit blicke ich zurück und kann sie durch die vielen Bäume immer noch dort stehen sehen. Sie bewegt sich nicht. Warum bewegt sie sich nicht? Es fühlt sich an, als würde ich gleich kollabieren. Mittlerweile verschwimmt durch die Tränen alles um mich herum und in meiner Seite macht sich ein stechender Druck bemerkbar.

Mein Handy klingelt. Ich kann es durch meinen schweren und lauten Atem nur leise hören. Mein Kopf fühlt sich so an, als würde er gleich explodieren und er ist bestimmt knallrot. Meine Augen brennen wegen der restlichen Mascara, die ich noch auf meinen Augen hatte.

Ich leuchte auf die Lichtung zu und sehe immer noch die Silhouette der Gestalt. Sie bewegt sich nicht und sie macht auch nicht den Anschein, als würde sie es in nächster Zeit machen.

Ich atme tief durch, bleibe kurz stehen und nehme rasch mein Handy aus der Seitentasche.

Finn

Gott sei Dank!

»Finn, hilf mir bitte!« Meine Stimme quietscht und ich weiß nicht, ob er mich verstehen kann, da ich ziemlich stark heule. Ich heule mir in diesem Augenblick die Seele aus dem Leib und ja, ich weiß, es ist wirklich der falsche Zeitpunkt dafür.

»Wo ... du ... ?«, stockt es aus dem Telefon.

Der Empfang ist miserabel hier. Verständlich. Ich bin hier auch mitten im Nirgendwo.

»Finn?« Meine Stimme wird mittlerweile leiser.

Die Gestalt in der Lichtung ist verschwunden und ich drehe mich im Kreis, um die ganze Umgebung auszuleuchten.

Niemand ist zu sehen. Es scheint, als wäre ich ganz allein in diesem großen, weiten Wald, aber es fühlt sich nicht danach an. Überhaupt nicht.

Die Verbindung bricht ab. Aus dem Telefon ertönt nur mehr ein leiser, schwacher Ton.

Piep, piep, piep

Ich starre auf mein Handy, das abermals ein X zum Vorschein bringt. Verloren, ich bin hier einfach verloren.

In meinem Nacken spüre ich ein leichtes Hauchen. Jemand steht direkt hinter mir, da ich die Wärme des Atems spüren kann. Wie festgenagelt bewege ich mich

nicht und als ich es tun will, spüre ich schon einen starken Druck an meinem Hinterkopf und mir wird
schwarz vor Augen.

#XVII

Wovor hast du denn solche Angst, kleine Layla? Bin ich dir denn auf einmal nicht mehr sympathisch? Willst du vor mir fliehen?

Ich sage dir, kleine Layla, du brauchst vor nichts und niemandem Angst haben. Wir wollen dir doch alle nichts Böses tun.

Soll ich dir sagen, warum John Wagner sterben musste? Willst du es wissen? Und soll ich dir auch verraten, warum ich es genossen habe, ihm den Mund zuzunähen? Es hat alles einen Grund, kleine Layla. Wirklich alles.

Er hat damals in der Oberstufe einfach zu viel gesagt. Weißt du, kleine Layla? Er konnte nicht schweigen und so habe ich ihn zum Schweigen gebracht. Natürlich musste er eine gewisse Zeit daran glauben, aber das ist Nebensache.

Weißt du denn, wo der kleine Paul ist? Soll ich es dir verraten? Du weißt doch, wer den Unfall verursacht hatte. Du hast es doch gesehen, nicht wahr, Layla? Warum hast du nichts gesagt? Sag mir, kannst du es nicht verstehen?

Sie sollten den gleichen Schmerz fühlen wie ich damals, als ich meine kleine, süße Tochter durch Luzie und Simon Schulz verloren habe.

Layla, ich will doch niemandem Unrecht tun. Ich will doch nur Gerechtigkeit, verstehst du das denn nicht? Und die bekomme ich nur durch das Erzeugen von Angst.

Sag mir, spürst du, wie sie durch deinen ganzen Körper schießt? Es macht mich glücklich, dich so leiden zu sehen und weißt du warum?

Das musst du dann auch schon selbst herausfinden, hörst du? Ich rede mit dir! Willst du denn nicht wieder aufwachen? Du solltest das Ganze hier doch nicht verpassen. Es wurde gerade so spannend mit uns dreien.

Zwei.

ZWEIUNDZWANZIG

23:48 UHR

Mein Kopf schmerzt und ich kann den Sternenhimmel sehen. Ich sehe ihn zwar verschwommen, aber er ist wunderschön. So schön habe ich ihn lange nicht mehr gesehen. Ich muss aber auch zugeben, ich habe ihn lange nicht mehr so intensiv beobachtet.

Wo bin ich? Was mache ich hier im Wald? Und was mache ich hier auf dem kalten, nassen Boden? Habe ich geschlafen? Habe ich es verschlafen? Was habe ich hier gesucht? Bin ich allein hier?

Ich versuche meinen Kopf nach rechts zu drehen, aber es gelingt mir nicht. Mein Nacken zieht nach unten und ich kann jeden einzelnen Wirbel auf diesem harten Boden spüren.

Der Himmel färbt sich blau. Warum wird er denn blau? Ich träume bestimmt, es sieht hier alles so wunderschön aus. Eine kalte Brise weht mir mein Haar über das Gesicht und es kitzelt ein bisschen. Ich lächle und genieße die leise Stille. Es ist alles so ruhig und so friedlich. Wie lange habe ich geschlafen? Habe ich etwas verpasst?

»Layla?«

Oh, wer ruft mich denn da? Warum sucht mich denn jemand? Es ist doch alles in Ordnung hier. Es ist doch alles so gewaltfrei hier. So friedlich.

»*Layla?*«

Wieder stört mich diese Stimme in meinen Träumen. Was will sie denn von mir? Ich bin so müde, ich könnte gleich wieder einschlafen. Es fällt mir schwer, die Augen offen zu halten. Ich möchte einfach nur schlafen.

Morgen ist das Wetter bestimmt sehr schön. Ich weiß es einfach. Da, der Polarstern, er leuchtet so hell, heller als alle anderen Sterne und der Mond ist heute so schön voll. Haben wir heute Vollmond? Ist das nicht erst am Donnerstag?

Ach, das ist doch gerade alles egal. Ich bin zurzeit so ruhig und alles dreht sich. Der Sternenhimmel bewegt sich rasend schnell und es ist so wunderschön, ihm dabei zuzusehen.

Wie spät ist es denn? Ich sollte nach Hause zu Finn gehen, er ist bestimmt schon zu Hause, weil es dunkel ist.

»*Layla!*«

Die Stimme scheint so nahe zu sein. Hat *er* mich gefunden? Warum kann *er* mich denn nicht einfach schlafen lassen. Ich bin doch so müde und mir ist gerade auch überhaupt nicht kalt. Die frische Luft tut mir gut. Frische Luft tut mir immer gut, das weiß ich.

Warum tut meine rechte Hand denn so weh? Habe ich mich verletzt? Was habe ich denn gemacht?

»*Wach auf!*«

Ich bin doch wach und wer redet da gerade mit mir? Warum ist die Stimme so hektisch? Sie bringt nur Unruhe in meine Stimmung.

Ich sollte sie einfach ausblenden.

Ich spüre eine leichte Wärme, die meinen linken Arm nach oben zieht. Warum wird er denn warm? Es ist doch kalt hier draußen. Ich kann den Wind spüren, wie er in meinem Gesicht die Haare flattern lässt.

»Layla?«

Schon wieder! Was will *er* denn von mir? Wer ist das denn? Die Stimme wird immer klarer. Anfangs war sie noch ziemlich verschwommen und weit weg. Jetzt fühlt es sich so an, als wäre sie direkt neben mir.

»Schatz? Bitte komm zu mir zurück!«

Finn! Es ist Finn. Wo bist du, Finn? Hallo? Warum kannst du mich denn nicht hören? Ich höre dich, doch du mich nicht. Finn? Warum lässt du mich hier allein? Wo bin ich? Ich kann dich spüren, Finn. Ich fühle deine Hand, wie sie meinen Arm wärmt. Stimmt's? Das bist du. Du bist bei mir, aber ich weiß nicht, wo ich bin. Ich bin doch da. Warum hilfst du mir denn nicht?

Finn? Finn, bitte hilf mir. Finn? Warum hörst du mich nicht?

»Doktor, Doktor!«

Seine Stimme entfernt sich schlagartig immer weiter von mir und ich verliere ihn wieder.

Oma? Oma, bist du das? Ich sehe sie in einem hellen Licht stehen und sie reicht mir ihre Hand. Oma, du siehst so wunderschön und glücklich aus. Ist Opa auch hier?

Ja, mein Schatz, Opa ist auch hier, aber für dich ist es noch nicht Zeit, hier zu bleiben. Es gibt Menschen, die dich da unten noch brauchen. Bitte geh zu ihnen und hilf ihnen in dieser schweren Zeit. Gib ihnen die Hoffnung wieder zurück.

Aber Oma, die Welt ist grausam, ich würde lieber hier bei dir bleiben.

Layla, bitte versprich mir, dass du auf dich aufpasst!

Ohne ein weiteres Wort sehe ich, wie ich mich rasend schnell von ihr entferne und mit einem hellen Licht angestrahlt werde. Es ist so grell, dass meine Augen anfangen zu tränen. Es ist so hell, dass es fast schon wehtut. Meine Brust schmerzt und mir fällt das Atmen extrem schwer. Über meinen Wangen spüre ich einen weichen Silikonbehälter, der meine Nase und meinen Mund bedeckt. Meine Handfläche schmerzt, als würde etwas darin stecken. Was ist gerade passiert, war ich tot?

»Weg, alle weg, wir haben sie wieder!« Eine sehr tiefe Stimme brüllt durch den ganzen Raum und diese Worte hallen in meinen Ohren nach.

Es hört sich so an, als wäre er gestresst. Alle hier sind gestresst. Schritte über Schritte, die im ganzen Raum herumrennen. Was machen die denn da?

Der Druck auf meinen Wangen lässt nach und mir wird etwas in die Nase gesteckt. Ich zucke zusammen, da ich es nicht erwartet habe, und sogleich stößt kalte Luft durch die beiden Nasenflügel.

»Keine Panik, das ist nur etwas Sauerstoff, damit dir das Atmen leichter fällt.« Wieder diese tiefe Stimme, die ich vorher noch nicht kannte.

Ich bekomme noch immer kein Wort heraus, aber lasse gerade alles auf mich zukommen.

»Layla, kannst du mich hören?« Eine mir noch unbekannte Frauenstimme redet mit mir und ich versuche ein Wort herauszubekommen.

Ja, ich kann dich hören.

Obwohl ich es ich es auch so sehr versuche, bekomme ich nichts über meine Lippen, doch es fühlt sich so an. Ich fühle mich so schwach und hilflos, dennoch geborgen und sicher.

»Bringt sie aus dem Schockraum und ins Zimmer!« Die dominante Stimme durchdringt meinen ganzen Körper und es dauert nicht lange, bis sich das Bett, auf dem ich liege, in Bewegung setzt.

»Layla!« Endlich erreicht mich eine vertraute Stimme in meinen Ohren. Es ist Finn.

Ich drehe mich mit aller Kraft auf die Seite und kann ihn nur verschwommen sehen. Meine Hand wird durch seine Hände ummantelt. Er ist an meiner Seite.

»Wie geht es dir?«

Finn hört sich traurig und erschöpft an. Ich verstehe immer noch nicht, was passiert ist. Warum liege ich hier und was ist passiert?

»Sie braucht Ruhe, Finn. Bitte versteh das.«

»Darf ich trotzdem bei ihr bleiben, Maik?«

»Natürlich. Sie hat eine schwere Zeit hinter sich. Wir werden das Ergebnis der MRT abwarten und dann werde ich etwas später, sobald sie sich erholt hat, zu euch stoßen.«

»Danke Maik, du bist der Beste!«

Abermals Stille. Ich werde immer noch geschoben und ich muss meine Augen schließen, weil die Lichter des Flures in meinen Augen brennen. Ich fühle mich, als hätte mir jemand eine zwei Tonnen schwere Last auf den Brustkorb gelegt. Was ist bloß mit mir passiert?

Sicher fühle ich mich durch die schützende Hand, die Finn immer noch über meiner Hand hält.

Alles hier scheint, als wäre es ein Film, der in Zeitlupe abgespielt wird.

»Layla, kannst du mich hören?«

Ich bin noch zu schwach zum Reden. Deshalb drücke ich seine Hand zusammen und gebe ihm so zu verstehen, dass ich ihn wahrnehmen kann, auch wenn es nicht so scheint.

»Layla, drück einmal für JA und zweimal für NEIN. Hast du das verstanden?«

Ich drücke einmal.

»Weißt du, was passiert ist?«

Ich drücke ein - ... zweimal.

»Weißt du, warum du in Baumhausen warst?«

Wie? Ich war doch nicht in Baumhausen, ich war doch bei der Arbeit. Die Schmerzen in meinem Brustkorb sind kaum auszuhalten. Ich versuche Finn darauf aufmerksam zu machen. Vielleicht kann er mir sagen, was mit mir passiert ist.

»Brustkorbschmerzen?«

Ich drücke einmal.

»Ach Layla, ich denke, dass es nicht der richtige Zeitpunkt dafür ist.«

Ich drücke seine Hand öfters hintereinander zusammen und hoffe, dass er trotzdem mit der Sprache herausrückt.

»Layla, bitte, du musst dich ausruhen.«

Ich gebe aber nicht auf. Ich will wissen, was er weiß. Was will er vor mir verheimlichen? Wir haben uns doch immer alles gesagt.

»Du wurdest reanimiert, Layla.«

»Warum?« Mit leichter Stimme bringe ich zum ersten Mal wieder ein Wort aus mir heraus.

Finn sieht mich erstaunt an und ist zugleich auch ziemlich erleichtert.

»Wie geht es dir, Layla? Wie fühlst du dich?«

Es sind nicht viele Fragen, aber sie überfordern mich. Ich schließe die Augen und versuche, mich etwas auszuruhen. Die Müdigkeit überkommt mich und ich versuche, für einen Augenblick die Schmerzen zu vergessen.

#XVIII

Layla, ich hoffe, du träumst süß. Es sollte dir eine Lehre sein, dass du dich nicht immer in jemandes Angelegenheiten mischen solltest.

Denkst du, dein Kind hat es überlebt? Ich hoffe nicht, denn das war mein Ziel. Warum solltest du das Glück haben, sofort schwanger zu werden und andere nicht? Was denkst du dir eigentlich dabei, immer so viel Glück zu haben? Dieses Mal hattest du halt Pech und da musste ich dir auf die Sprünge helfen.

Es ist schon traurig, dich so zu sehen, aber andererseits macht es mich glücklich, dich endlich mal fallen zu sehen. Schlimm, oder? Finde ich nicht und das ist auch gut so.

Wie lieb sich Finn die ganze Zeit um dich gekümmert hat, auch wenn du ihm keine Antwort gegeben hast.

Wusstest du eigentlich, dass ich mich mit Noah super verstehe? Wir haben schon miteinander geschlafen. Wir haben eine gemeinsame Vergangenheit. Wusstest du das, Layla?

Wusstest du eigentlich, dass John nicht nur mit mir in die gleiche Oberstufe gegangen ist, sondern auch Noah? Wie klein die Welt doch ist, oder nicht? Wusstest du das? So weit bist du dann doch nicht gegangen, aber gegen deine beste Freundin hast du recherchiert. Traurig, Layla, sehr traurig.
Wie sollte ich denn an die ganzen Informationen kommen?

Eins.

DREIUNDZWANZIG

DONNERSTAGMORGEN

»Wahrscheinlich kann sie sich an das, was vor dem Unfall passiert ist, nicht mehr erinnern.«

»Eine retrograde Amnesie?«

»Könnte sein, Finn. Sie hat laut CT starke Schäden im Gehirn. Du hast sie gefunden mit asynchronen Pupillen, Übelkeit, Erbrechen, Schwindel. Finn, das läuft alles auf ein Schädel-Hirn-Trauma hinaus. Wir müssen abwarten, bis sie von den starken Medikamenten aufwacht.«

»Wurde sie geschlagen oder war es wirklich nur ein Unfall?«

»Das können wir nicht sagen, Finn.«

Ich öffne langsam die Augen und sehe Finn, der mit einem dunkelhäutigen, in weiß gekleideten Mann redet. Ich vermute, die beiden kennen sich, da sie sich duzen und ein ziemlich vertrautes Verhältnis miteinander haben. Finn dreht sich zu mir und bemerkt, dass ich aufgewacht bin.

»Layla!«

»Hallo Layla, ich bin Doktor Fischer von der Neurologie. Wie groß sind die Schmerzen auf einer Skala von eins bis zehn?«

»Aushaltbar, eine sechs«, antworte ich sicher.

»Das ist gut. Willst du etwas gegen die Schmerzen?«

»Nein, ich fühle mich schon zugedröhnt genug, danke.«

»Verständlich«, erwidert Maik.

Finn kommt auf mich zu und sieht dabei auf den Monitor, der neben meinem Kopf steht. Er piept unaufhörlich und der Ton hämmert sich in meinen Kopf hinein. Als hätte er meine Gedanken gelesen, schaltet er den Ton ab und gibt mir einen Kuss auf die Stirn.

»Weißt du, welchen Tag wir haben?«

Was ist das denn für eine doofe Frage? Ich blicke auf die Wanduhr und lese die Zeit ab.

10:19 Uhr

»Montag, 23. März«, sage ich.

Finn blickt fragend zu Maik, der den Blick nicht erwidert. Stille breitet sich im ganzen Raum aus und Maik scheint überhaupt nicht beeindruckt zu sein. Langsam mache ich mir echt Sorgen um das, was vorgefallen ist.

Maik sieht zu Finn und gibt ihm mit einer Kopfbewegung zu verstehen, dass er mir etwas sagen sollte. Finn nimmt meine Hand und die ganze Geschichte ist mir nicht geheuer. Was kommt jetzt?

»Layla.« Er hält inne und zieht sich mit der anderen Hand einen Stuhl zum Bett, damit er sich hinsetzen kann.

Ist es denn wirklich so schlimm? So schlimm, dass er sich hinsetzen muss?

»Wir haben Donnerstag, den 3. April.«

Meine Blicke müssten Bände sprechen, denn Finn drückt meine Hand nun noch fester. Ich erkenne, dass es ihm extrem schwerfällt, mir das zu sagen.

»Dir fehlen einige Tage. Am 25. März haben wir dich in Baumhausen gefunden, nachdem du mich angerufen hast. Du hast im Wald auf dem Boden gelegen und warst nicht bei Bewusstsein, als Sara dich gefunden hat. Sie wich dir die ganze Zeit nicht von der Seite. Ich habe sie angerufen. Sie kann leider nicht kommen, da sie beruflich verhindert ist.«

Ich drehe mich zu Maik, um mir eine Bestätigung zu holen. Er verzieht keinen Mundwinkel und das ist mir in diesem Moment Bestätigung genug. Will mir Finn also gerade weismachen, dass mir gesamte Tage fehlen und ich mehr als eine Woche geschlafen habe? Ich habe doch geschlafen, oder? Finn fährt fort und ich drehe mich wieder zu ihm.

»Du hattest womöglich einen Unfall. Sara hat dich schreien gehört und dann hat sie dich nur mehr auf dem Boden liegen sehen. Du bist wahrscheinlich auf dem nassen Boden ausgerutscht, als du aufs Klo gehen wolltest und dann bist du mit voller Wucht mit dem Kopf auf einem Stein aufgekommen.«

Wieder tauschen sich die Blicke von Maik und Finn. Maik kommt auf mich zu und leuchtet mit einer kleinen Lampe in mein Gesicht und in meine Augen.

»Layla, wir mussten dich durch die starken Hirnschäden eine Zeit lang ins künstliche Koma versetzen. Ich werde dich nur noch kurz untersuchen und dir ein paar Fragen stellen, damit ich einen Befund erstellen kann. Bitte beantworte mir die Fragen so gut du kannst und so ehrlich es geht, verstanden?«

Er leuchtet mit dem Licht zuerst in mein linkes und dann anschließend in mein rechtes Auge. Womöglich will er damit nachschauen, ob ich einen kompletten

Dachschaden habe. Die ganze Situation wird mir gerade zu viel. Was wollte ich in Baumhausen? Ich blicke hilfesuchend zu Finn, der mir meine Hand schon fast zusammenquetscht. Er scheint nervöser zu sein als ich, da seine Hände klatschnass sind.

»Was ist das Letzte, an das du dich erinnern kannst?«

Er zückt aus seiner weißen Kitteltasche einen etwas größeren Block hervor und fängt an Notizen zu machen.

»Ich war im Büro um zu arbeiten.«

»Und dass Sie nachmittags im Krankenhaus waren, wissen Sie nicht mehr?«

Maik nimmt den Stift gar nicht mehr vom Block runter und schreibt immer weiter. Ich weiß nicht, was er schreibt, denn ich spreche gerade nicht. Was hätte ich denn im Krankenhaus machen sollen? Ich blicke zu Finn, dem eine Träne über die Wange läuft.

»Kann mir bitte einer erklären, was hier los ist? Warum bin ich denn hier?«

Finn hebt meine Hand und gibt mir einen Kuss darauf. Er blickt zu Maik und dieser nickt ebenfalls.

»Es tut mir leid, Layla, dass ich dir das so sagen muss, aber wir haben in der Zwischenzeit, während du im Koma warst, ein Ultraschallbild gemacht.«

Aha, ein Ultraschallbild, wofür? Ich dachte, ich hätte nur Schäden in meinem Kopf? Meine Anspannung steigt und ich werde zunehmend gereizter, da niemand hier endlich mit der Sprache rausrücken will. Alles zieht sich ewig weit in das Unendliche hinaus und niemand hat vor, das Schweigen zu brechen.

Maik öffnet unbeeindruckt den Mund: »Layla, du warst schwanger und hast das Kind leider verloren.«

»Ich war was?« Ohne groß nachzudenken platzt es aus mir heraus.

Ich weiß, dass Finn und ich nicht mehr verhüten und dass wir uns ein Kind wünschen, aber dass ich schwanger war, weiß ich nicht.

Schuldig blicke ich zu Finn, dem die Traurigkeit ins Gesicht geschrieben steht, und fühle mit ihm.

»Es tut mir leid, Finn.« Schluchzend und voller Schuldgefühle nehme ich seine Hand und drücke sie ganz fest an mich.

»Es ist nicht deine Schuld, Layla. Wichtiger ist, dass es dir wieder besser geht und du auf dem Weg der Genesung bist.«

Er wendet den Blick von mir ab und sieht Maik an. »Wird sie sich wieder an diesen Tag erinnern können? An das, was geschehen ist?«

Maik wendet den Blick von ihm ab und dann schaut er mir direkt in die Augen: »Ich vermute, ja, aber es wird eine Weile dauern und ob die gesamten Erinnerungen zurückkehren, das kann nur die Zeit sagen.«

Finn pustet tief und hörbar die Luft durch seine Lippen hinaus.

»Danke Maik, du bist der Beste.«

»Dafür bin ich da, Finn. Layla, ich wünsche dir gute Genesung und bei weiteren Fragen stehe ich euch gerne zur Verfügung, aber jetzt lasse ich euch zwei etwas Zeit für euch. Wir sehen uns!«

Finn und ich beobachten Maik dabei, wie er durch die Zimmertür nach draußen in den Flur geht, von dem man schon Schreie wahrnehmen kann. Was wohl passiert ist?

»Also, ich bin auf den Kopf gefallen?«

»Ja, du bist sogar ziemlich stark mit dem Kopf auf einen Stein geprallt. Kannst du dich denn wirklich an nichts erinnern?«

»Nein, wirklich nicht.«
Finn zieht eine Augenbraue nach oben und streichelt mit seiner Hand meine Wange.

»Wir schaffen das. Gemeinsam.«
Da habe ich keine Bedenken. Finn und ich haben schon einiges gemeinsam durchgemacht und wir haben bis jetzt immer alles zusammen geschafft.

Erst jetzt nehme ich mir Zeit, um das Zimmer, in dem ich liege, zu begutachten. Am Fenster steht eine Pflanze, die ziemlich vertrocknet aussieht. Irgendwie werden die nie gegossen. Aus freiem Willen setze ich mich langsam auf und Finn beobachtet mich dabei. Er wird sich wahrscheinlich denken können, was ich jetzt vorhabe, aber ich fühle mich nach dem Schlaf sehr gut.

Ich setze meine Füße auf den kalten Boden. Ich bin barfuß und habe einen OP-Kittel an, der womöglich auch noch hinten offen ist.

»Habe ich einen Trainingsanzug hier?«
Ohne große Worte springt Finn nach oben und geht zum Schrank, an dem mein Name steht.

LAYLA

Jeder Buchstabe in einer anderen Farbe und weit voneinander entfernt. Es sieht aus, als hätte jemand Buchstaben aus Holz ausgeschnitten und von Kindern anmalen lassen. Irgendwie süß. Gefällt mir.

Finn kramt in dem Schrank umher und verschwindet mit dem Kopf darin. Wie lieb. Er hat mir meinen Lieblingstrainingsanzug mitgebracht und meine flauschigen, rosa Hausschuhe. Er hat an alles gedacht und deshalb liebe ich ihn so sehr.

»Du bist Gold wert, Finn!«

In die Hände klatschend freue ich mich wie ein kleines Kind auf etwas von zu Hause. Hier ist es sonst so traurig. In diesem Zimmer sind die Wände weiß bekleistert. Ich vermisse Bilder und Farben.

Finn legt mein Gewand neben mich. Ich ziehe mir meine Trainingshose an und den OP-Kittel aus. Er mustert mich von oben bis unten und lächelt mich amüsiert an. Es ist das erste Mal, dass ich ihn lächeln sehe, seitdem ich wieder wach bin.

Ich schwanke und halte mich mit beiden Händen am Bett fest. Vielleicht war es doch etwas zu früh, um mich hinzustellen. Immerhin war ich tot und habe jetzt noch einen größeren Dachschaden als vorher.

»Komm, ich helfe dir!« Finn bittet mich, mich wieder hinzulegen.

Er nimmt sich das Oberteil von der Bettkante herunter und zieht es mir über den Kopf, der mir schlagartig wieder höllische Schmerzen bereitet. Ich halte mir mit meiner Hand den Kopf und kneife meine Augen zusammen. Alles dreht sich und mir wird wieder schlecht.

»Du solltest dich ausruhen, Layla. Das war zu viel des Guten. Was wolltest du eigentlich damit bezwecken?«

Ich fühle mich, als wäre ich ein kleines Kind, das noch auf jemanden angewiesen ist, weil es nichts allein hinbekommt. Es fühlt sich so an, als wäre ich von einem

LKW überrollt worden. Ich hätte wirklich nicht aufstehen sollen, das hat die ganze Situation nur verschlechtert.

Mein Blick fällt zu Finn und an ihm vorbei. Er dreht sich nach hinten um und weiß sofort, was ich vorhatte. Finn weiß, dass ich Pflanzen sehr gerne habe und dass ich es nicht ausstehen kann, wenn sie welken. Ruckartig steht er auf und geht ins Bad. Kurze Zeit später kommt er mit einem Glas Wasser heraus und gießt damit die halbtote Zimmerpflanze.

Klopf, klopf

Besuch! Die Zimmertür ist geschlossen und so kann ich noch nicht ahnen, wer davorsteht. Womöglich ist es doch Sara, die kurzfristig noch Zeit für mich gefunden hat.

Finn dreht sich zu mir und gibt mir zu verstehen, ich solle etwas sagen, wenn ich Besuch haben möchte. Ich zögere nicht lange und bitte den Besuch herein.
Die Tür öffnet sich und Tim steht mit einem großen Blumenstrauß mit vielen bunten Blumen in ihr.

»Tim?!«, frage ich erstaunt.

»Wie geht es dir, Layla?«

»Wie schön, dich zu sehen! Wie lange haben wir uns nicht mehr gesehen? Das muss bestimmt acht Jahre her sein. Was machst du hier in Reimberg? Komm, setz dich, wir haben viel zu besprechen!«

Sein Blick wechselt von mir fragend zu Finn. Ich beobachte den Austausch der Blicke und warte ab, bis sich das Schweigen der beiden löst. Finn gibt Tim irgendein

Zeichen, das ich bis zu diesem Zeitpunkt noch nicht verstehe. Tim kommt herein, legt die Blumen neben meinem Bett auf das Kästchen und nimmt sich einen Stuhl, auf den er sich anschließend setzt.

»Layla, wir haben uns vor dem Unfall gesehen, aber ich denke, es ist noch nicht der richtige Zeitpunkt dafür.«

#XIX

Null.

Guten Morgen Layla, wie hast du geschlafen? Finn hat mir erzählt, dass du aufgewacht bist. Es läuft alles nach Plan. Du wirst dich lange Zeit nicht daran erinnern, was in jener Nacht passiert ist. Das ist aber nicht tragisch, dafür haben wir doch gesorgt.

Layla? Denkst du, dass dir jemand glauben wird, sobald du dich wieder daran erinnern wirst? Ich denke nicht. Wer sollte denn einer glauben, die einen Hirnschaden hat. Wirst du verrückt, Layla? Gefällt es dir denn nicht im Krankenhaus?

Weißt du, Layla, ich denke, es wird Zeit, dass du die Wahrheit erfährst.

John Wagner – wenn du dich überhaupt noch an ihn erinnern kannst – ach, der gute John, der Klassenclown, der Coole, der Frauenheld. Wusstest du, Layla, dass er auch mal mir gehörte? Ich habe ihm Nacktfotos von mir geschickt, um ihn zu beeindrucken. Und was hat er getan? Mich vor der gesamten Schule bloßgestellt. Und warum? Weil ich naiv war und wirklich dachte, dass er mich liebt.

Als ich ihn dann wieder in Baumhausen gesehen habe, brannten bei mir alle Sicherungen durch. So viel Gelächter musste ich dank ihm einstecken und so viele Lügen hat er über mich verbreitet. Und soll ich dir etwas sagen? Ich habe es genossen, ihm den Mund zuzunähen. Du fragst nach dem Grund?

Ich habe seine Stimme das letzte Mal gehört, bis sie für immer verstummt ist. Verrückt, oder?

Und was ist mit dem kleinen Paul? Weißt du, Layla, du wusstest von dem Unfall, der sich damals ereignet hat. Ich konnte sehen, wie du darüber recherchiert hast. Du weißt, dass die Eltern des kleinen Paul zuständig dafür waren, dass meine kleine Maja nicht mehr bei mir ist. Ich wollte mich rächen, Layla. So wie ich meine Kleine nicht bei mir haben kann, sollen auch sie nicht Paul bei sich haben dürfen.

Weißt du nicht, wo er ist? Layla, du warst so nahe an ihm dran und konntest ihn nicht hören? Warum hast du seine kleine Stimme nicht gehört? Du bist auf seinem Gefängnis gestanden. Wo, fragst du dich? Na, das kleine Hüttchen.

Ich weiß nicht, warum du alles stehen und liegen gelassen hast. Du warst so nahe an mir dran. Selbst mit meinem Tuch konnte ich dich immer noch nicht für mich gewinnen. Niedlich, wie du alles für mich tun würdest. Recht hattest du auch.

Ich war niemals allein. Du kamst nie darauf und das finde ich echt schade. Du warst ihm immer so nahe und ihr wart euch doch so fremd. Er wusste alles von dir und du nichts über ihn. Dass du uns im Büro beobachtet hast, kam uns genau zurecht. Dass direkt zwei deiner besten Freunde etwas damit zu tun haben, zerstörte deine Vorstellungskraft und verwirrte dich zunehmend.

Nur weil ich meine Bandanas immer mit meinen Initialen besticke, war das Grund genug, mich nicht mehr zu verdächtigen, oder wolltest du es einfach nicht wahrhaben, dass ich es bin?

Ich habe dich beobachtet, Layla. Ich habe dich immer und im-mer wieder beobachtet. Auf der Straße, in Baumhausen, ich war immer da und du warst nie allein.

Und du bist immer noch nicht allein, weißt du das, Layla? Ich werde immer bei dir bleiben, immer.

Layla? Kannst du mich sehen?

Ich sehe dich. Aber du siehst mich nicht.

VIERUNDZWANZIG

EINE WOCHE SPÄTER

Was für ein wunderschöner Tag heute ist. Die Sonne scheint schon durch die Jalousien und Finn zieht sich gerade vor mir um. Er muss heute etwas später raus und ich fange erst heute Nachmittag an wieder zu arbeiten.

Ich bin schon ziemlich aufgeregt und freue mich wie ein kleines Kind, das gerade in die Schule eingestuft wird. Wie wird es werden? Haben sie mich vermisst?

Ich beobachte Finn dabei, wie er versucht, in die hautenge, dunkle Jeans hineinzuspringen. Ich denke, dass er etwas an Gewicht zugelegt hat, aber das macht mich nur glücklich, denn er ist nur Haut und Knochen. Etwas mehr Speck an den Hüften würde ihm bestimmt nicht schlecht stehen und ist auch besser anzusehen, finde ich.

Er lacht und dreht sich zu mir. »Wie fühlst du dich, Schatz?«

»Wunderbar! Ich freue mich schon und damit ich wieder in meinen gewohnten Rhythmus komme, gehe ich später in den Park.«

Voller Energie strecke ich meinen Oberkörper senkrecht in die Höhe, als wäre ich neu geboren worden.

Meine Hand ist mittlerweile ziemlich gut verheilt und gesundheitlich geht es mir bestens.

Auf Empfehlung des Arztes sollte ich noch einen Monat zu Hause bleiben, aber ich kann hier nicht einfach nur rumsitzen. Ich will wieder in das normale Leben starten und endlich Sara sehen, die sich seit dem Vorfall nur über SMS bei mir gemeldet hat.

Sie scheint ziemlich beschäftigt zu sein und ihr steht die Arbeit bis zum Hals. Nach der ganzen Geschichte kann ich es ihr auch nicht verübeln, dass sie von dem Ganzen Abstand gewinnen wollte. Jetzt wird es aber langsam wieder Zeit, in den normalen Alltag zu starten. Wir haben getextet und treffen uns heute zu Mittag im Sonnengarten und ich kann es kaum erwarten.

Halbnackt springe ich aus dem Bett und Finn begutachtet mich von oben bis unten.

»Ich finde es ja nicht so toll, dass du jetzt wieder arbeiten willst. Warum kannst du nicht einmal auf jemanden hören und dich ordentlich auskurieren!«

»Finn, mir geht es super. Mir könnte es nicht besser gehen!«

Obwohl meine Erinnerungen immer noch nicht vollständig da sind, bin ich bereit, weitere Herausforderungen anzunehmen. Immerhin hat der Doc gesagt, dass die Erinnerungen eher zurückkommen, wenn man an bekannte Orte geht und dort Yoga macht.

Yoga werde ich zwar nicht machen, aber alle Orte, die mir vertraut sind, werde ich aufsuchen und dabei versuchen, mich zu erinnern. Natürlich besteht auch die Möglichkeit, dass die Erinnerungen gar nicht wiederkehren, aber damit muss und kann ich leben.

»Aber pass auf dich auf und wenn irgendetwas sein sollte, ruf mich an. Versprich es mir!« Finn sieht mich skeptisch an und sein Ton wird zunehmend ernster.

»Versprochen.«

Ich gehe auf ihn zu und gebe ihm einen Kuss auf die Wange. Als ich zum Schrank gehen will, packt er mich am Arm und zieht mich zu ihm hin. Finn blickt mir tief in meine Augen und gibt mir einen zärtlichen Kuss auf den Mund. Dann grinst er mich an und lässt mich los.

»Willst du einen Kaffee?«, frage ich ihn, während ich auf dem Weg nach unten bin.

»Ja«, ruft er mir hinterher und ich schalte die Kaffeemaschine ein.

Die Treppe knarrt und Finn steht im Flur, als ich die Milch in meinen Kaffee gebe. Es scheint ihn immer wieder zu beeindrucken, dass ich nicht so wie er den Kaffee schwarz trinke, sondern mit Milch. Was daran so verrückt sein soll, weiß ich nicht, aber das ist mir auch egal.

»Hier, dein Kaffee«, sage ich und reiche ihm den Kaffee mit der Hand, an der ich mich verletzt hatte.

Die Wunde kann man zwar noch schön sehen, aber sie schmerzt nicht mehr. Was dort wohl passiert ist? Vielleicht weiß Sara, warum ich mich an der Hand verletzt habe. Es muss erst in Baumhausen passiert sein, da Finn die Wunde nicht kannte.

Er trinkt den Kaffee schnell hinunter, als wäre er nicht heiß, gibt mir einen Kuss auf meine Stirn und sagt dann anschließend: »Ich muss los, Schatz, wir sehen uns dann heute Abend, ja? Und ruf mich an, wenn etwas passiert!«

Ich nicke und gebe ihm einen Abschiedskuss auf den Mund.

Als Finn durch die Haustür verschwindet, gehe ich auch zur Garderobe und nehme meine Jacke. Heute ziehe ich meine Lieblings-Sneakers an, die neben meinen Bergschuhen stehen. Warum habe ich die immer noch nicht weggeräumt? Sie sind auch noch zu waschen, denn sehr viel Matsch klebt an ihnen.

Die Straßen sind leer. Wahrscheinlich sind alle schon am Arbeiten. Im Park sitzt ein alter Mann, der die Tauben füttert. Ich beobachte ihn dabei, wie er Stück für Stück vom Brot herunterreißt. Dabei fällt mir schlagartig wieder ein: Ich kenne diesen Mann und ich habe ihn schon mal gesehen.

Ihn stört es nicht, dass ich ihn schon fast anstarre, denn er beachtet mich nicht mal. Ich setze mich auf die Parkbank und lege meinen Kopf in den Nacken. Der kalte Wind lässt die Äste rascheln und die Sonnenstrahlen bahnen sich einen Weg durch sie hindurch, direkt in mein Gesicht.

Die Stille ist so friedlich und der Wind beruhigt mich immer mehr. Ich schließe meine Augen und genieße die Stille, die ab und zu durch das Zwitschern und das Gurren der Tauben durchbrochen wird.

»Layla«

In meinem Kopf höre ich Tims Stimme. Ich drehe mich um, doch da steht niemand.

Hinter mir sind nur die Wiese und zwei Bäume, welche die Straße vom Park abgrenzen.

Ich drehe mich wieder nach vorne und begutachte die bunten Kieselsteine, die den Weg durch diesen Park gestalten. Einer sieht sogar wie ein Herz aus. Den hole ich mir und nehme ihn mit. Vielleicht bringt er mir Glück und hilft mir dabei, mich an Sachen zu erinnern, die ich vergessen habe.

Der alte Mann steht nun auf und geht auf mich zu. Er setzt sich neben mich auf die Bank und legt mir seine Hand auf den Schoß. Vermutlich kenne ich ihn doch besser, als ich bis jetzt angenommen habe.

»Entschuldigen Sie, wenn ich unhöflich rüberkomme, aber kennen wir uns?«

»Layla!«

Ich sehe ihn fragwürdig an. Meinen Namen kennt er, also müsste ich ihn auch kennen, oder nicht? Ich sage nichts und warte ab, bis er fortfährt.

Sekunden, Minuten vergehen, ohne dass ein Wort fällt. Er sitzt einfach nur neben mir und sagt nichts. Die Tauben, die er immer gefüttert hat, kommen jetzt zu unserer Bank und gurren auf dem Boden hin und her.

»Layla.« Er sagt abermals meinen Namen.

Will er mir nicht endlich sagen, was er von mir will? Der Wind hat aufgehört und eine Wolke schiebt sich vor die Sonne. Erst jetzt bemerke ich eine starke Aftershave-Duftnote, die von ihm ausgeht, denn der Wind bläst immer in die entgegengesetzte Richtung.

Ich rieche diesen Geruch nicht zum ersten Mal, das weiß ich, aber ich kann ihn nicht zuordnen. Er hält suchend im Park nach jemandem Ausschau.

Ich drehe mich daraufhin auch nach rechts, nach links und nach hinten um. Wen sucht er?

Dann dreht er den Kopf in meine Richtung: »Layla, vertraue niemandem.«

Ohne ein weiteres Wort nimmt er die Hand von meinem Schoß, steht auf, nimmt seinen Blindenstock und geht auf die zwei großen Häuser am Anfang einer Gasse zu und verschwindet darin.

Seltsam. Was wollte er mir damit sagen? In mir breitet sich ein mulmiges Gefühl aus, denn ich weiß nicht, was ich davon halten soll. Wollte er mir nur Angst machen oder wollte er mir wirklich etwas damit sagen?

Zeit zu gehen. Ich werde noch auf einen Sprung in der Redaktion vorbeischauen, um Noah und die anderen zu sehen, bevor ich mich mit Sara zum Mittagessen treffe.

Ich muss schmunzeln, als ich Noah vor der Redaktion mit einer Zigarette und einem Kaffee stehen sehe. Arbeitet dieser Mensch irgendwann mal?

Während Noah einen Schluck von seinem Kaffee nimmt und in meine Richtung sieht, verschluckt er sich. Er hustet und dreht sich zur Eingangstür, dann dreht er sich wieder zu mir.

»Layla? Was machst du hier?«, fragt er schockiert.

»Schön, wenn man so begrüßt wird.«

Ich lächle.

»Entschuldigung, aber warum hast du nicht angerufen?«

»Ich wollte euch überraschen. Ich komme heute Nachmittag wieder arbeiten. Jonas weiß Bescheid.«

»Das freut mich zu hören, Layla, aber du hättest trotzdem etwas sagen können.«

»Du hast dich doch auch nie gemeldet.«

Noah zieht eine Augenbraue nach oben und lächelt mich an. »Komm her, lass dich drücken! Wie geht es dir, kannst du dich wieder an etwas erinnern?«

Er nimmt mich ganz fest in den Arm. Das Aftershave ist dasselbe wie das von dem Mann. Jetzt weiß ich auch, woher ich diesen Geruch kenne. Es ist Noahs Geruch.

»Langsam, langsam kommen meine Erinnerungen wieder zurück. Der Doktor hat gesagt, es könnte auch sein, dass ich mich nicht an alles erinnere. Vor allem die Zeitspanne kurz vor und nach dem Unfall ist eher problematisch.«

»Oh, das tut mir leid. Triffst du dich jetzt mit Sara?«, fragt er mich und starrt auf meine Jacke, als hätte er dort etwas verloren.

Ich blicke nach unten, aber bemerke nichts Auffälliges.

»Ja, wir gehen zusammen Mittagessen.«

»Das freut mich, dann sehen wir uns später! Ich muss auch wieder los.«

Er löscht die Zigarette aus, trinkt den Kaffee aus und wirft den Plastikbecher in den Mülleimer. Ich sehe Jonas, der die dunkle Holztreppe nach oben geht und mich scheinbar nicht mal bemerkt.

Ich setze mich auf die Terrasse des Sonnengartens und warte, bis ich endlich wieder Sara sehen kann. Durch die Tür kommt eine sehr junge Kellnerin und lächelt mich dabei an.

»Es ist schön, dich wiederzusehen.«

Das Namensschild gibt mir die Auskunft, die ich haben will.

Lara.

»Warst du im Urlaub?«, fragt sie mich.

»So ungefähr«, lächle ich sie an.

»Das Übliche?«

»Ja, bitte.«

Ohne genau zu wissen, was ich hier früher immer bei ihr bestellt habe, lasse ich mich erst mal überraschen, was sie mir bringt. Ich hole meine Sonnenbrille aus meiner Tasche und setze sie mir auf. Die Sonne brennt hier extrem stark runter und der Tisch reflektiert die Sonnenstrahlen direkt in mein Gesicht.

Ich sehe Sara schon von Weitem. Sie sieht atemberaubend aus. Das Kleid betont besonders ihre schmalen, endlosen Beine und trägt dabei dezent am Hintern auf. Dazu trägt sie ein passendes Jäckchen, das ich heute zum zweiten Mal sehe. Es ist schwarz – schwärzer als die Nacht – mit drei unterschiedlich großen und andersfarbigen Knöpfen am Bund an der Hüfte. Der erste Knopf ist ein quietschgelber, der andere kirschrot und der dritte ist schwarz.

»Alles was ich wollte, warst du.«

DANKSAGUNGEN

Es ist eine allgemein bekannte Tatsache, dass das erste Buch ein heikles Unterfangen sein kann. Dieses hier hätte es ohne die Unterstützung, die Anleitung und die praktische Hilfe von vielen netten Menschen überhaupt nicht gegeben.

Mein aufrichtiger Dank geht in erster Linie an meine Deutschlehrerin Margit Obergasser, die mich von Anfang an tatkräftig unterstützt hat. Danke dafür, dass Sie sich die Zeit und vor allem die Geduld genommen haben, mit mir dieses Buch zu vollenden.

Danke an alle, die mich vonseiten des Weißen Kreuzes und der Carabinieri mit Informationen überschüttet und mir bei Unklarheiten ausgeholfen haben.

Das Leben eines Autors ist einsam. Umso dankbarer bin ich, dass meines von meinen Arbeitskollegen enorm bereichert wird. Ein Dank hierfür geht an Armin Helfer, der das Buch gelesen hat und mir dabei Anmerkungen und Inspiration für ein weiteres gegeben hat. Ein Dank auch an Manuel Gruber und Felix Kerschbaumer, die es zumindest versucht haben und mich anderweitig unterstützt haben.

Danke an alle Freunde und Familienmitglieder, die mich immer wieder gepuscht haben, indem sie mir Mut zugesprochen haben.

Ohne das Talent und das Wissen meiner Lektorin Stefanie Brandt wäre ich keine halb so passable Autorin. Es war mir eine Freude, mit dir zu arbeiten!

Ein großer Dank geht auch an Alexandra Bernardi, die mich am Ende nochmals tatkräftig unterstützt und auf Feinheiten geachtet hat.

Danke Alexa, du bist die Beste!

Es sollte einen Preis für die Familien von Autoren geben, die mit Stimmungsschwankungen und Abgabeterminen leben müssen.

Aaron, auch wenn du nicht mehr in meinem Leben bist, bin ich dir für alles, was du getan hast, dankbar.

Und schließlich danke ich von ganzem Herzen den Buchhändlern, Bibliothekaren und Lesern. Ich bin euch allen sehr dankbar und hoffe, dass euch mein erstes Buch gefällt.

Sollten im Buch Ungenauigkeiten oder Begebenheiten auftauchen, die ich an irgendeiner Stelle nicht realistisch dargestellt habe, liegt dies in erster Linie daran, dass ich mir zugunsten der Geschichte schriftstellerische Freiheiten genommen habe. Sämtliche Fehler gehen allein auf meine Kappe.